GAME NOVELS

人工生命 NieR Replicant®

ver.1.22474487139...

《型態計畫回想錄》

File 01

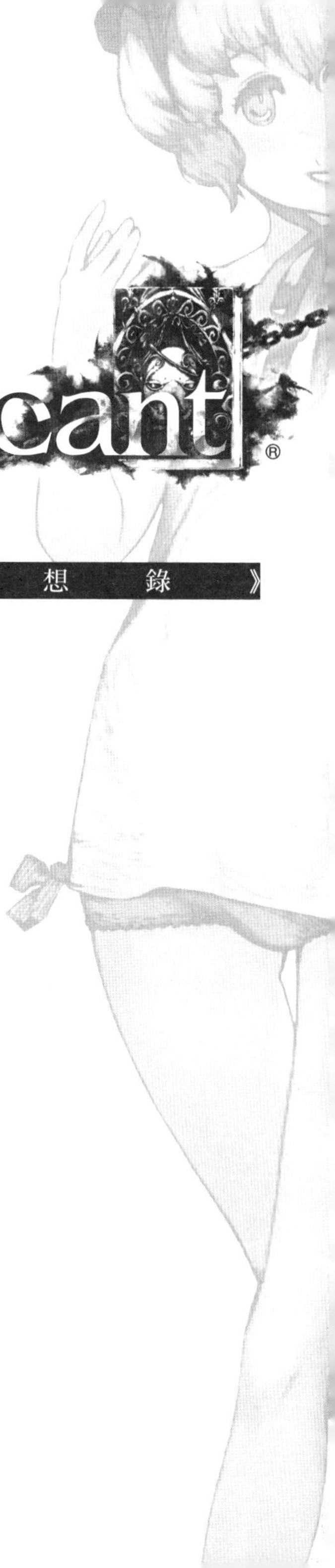

作者　映島 巡
監修　横尾太郎

CONTENTS

本書是針對 2017 年出版的

NieR RepliCant Recollection

《型態計畫回憶錄》

進行大幅加筆、修正後，字數增加為兩倍的升級版。

本書與

《尼爾：人工生命 ver.1.22...

完全導讀手冊＋設定資料集

GRIMOIRE NieR：Revised Edition》收錄的短篇，

內容有些許重複。

〔報告書 01〕

從這一次開始，將採用新的格式撰寫定期報告。由於最近時常發生異常事態，我認為用以往的格式報告，可能會導致報告次數徒然增加。重要性較低的內容或許也會稍微變多，但這是我以正確性為優先所做出的判斷，敬請見諒。

現在，該地區的情況每況愈下。土地荒廢導致耕地減少，進一步造成饑荒。河水汙濁，因此農業用水自不用說，連生活用水都愈來愈難取得。再加上「魔物」及「疾病」明顯對居民的生活造成威脅。他們的不安與恐懼，會不會就是異狀頻發的遠因？

只要相信明天會跟今天一樣照常來臨，人類就會採取跟昨天一模一樣的行動，以維持現狀。然而，一想到明天說不定會失去今天的平穩生活，他們就會改變行動模式，以避免最壞的情況。而這樣的嘗試及取捨，會導致異狀發生。是我想太多嗎？關於這件事，我想等待其他地區的報告再加以考察。

無論如何，目前不管發生什麼情況，都該謹慎觀察。身為村子的領導者，隨便將其視為無關緊要的小事，無異於怠忽職守，我一向引以為戒。因為我們負責的不是其他地區，正是「尼爾的村子」，不該以事情的重要性做為判斷基準。聽說巨大的災厄，往往起於一點小事。

我擔心現在在觀察的事件，是否就屬於這一類。關於此事，預計在下次的報告書中詳細說明。

（記錄者·波波菈）

NieR:RepliCant

ver.1.22474487139...

《型態計畫回想錄》

File01

少年之章1

1

遠方傳來鳥鳴。今天應該會是好天氣。
尼爾從草叢裡撿起被朝露沾溼的蛋，仰望天空。這就是最後一個。雞一天只會生一顆蛋，所以不可能漏掉。
「好了嗎？」
在他剛好數完籃子裡的蛋時，養雞的男子開口詢問。尼爾點頭遞出籃子。
「嗯，辛苦了。」
一顆、兩顆──男子檢查完蛋的數量，笑著說道。
「我老婆的身體也恢復了，幫到今天就好。謝囉。」
男子的妻子五天前發燒，臥病在床。早上撿蛋是她的工作。
「這是說好的報酬，真的不用給錢或食物嗎？」
尼爾的任務是在男子的妻子痊癒前，比村裡的任何人都還要早起撿蛋。他要的報酬，是剛出生的小雞。
「這個就好。悠娜會開心。」
「好。那你從那邊的籠子裡選一隻喜歡的帶走。」

他說每隻都是昨天剛孵出來的。尼爾不懂怎麼挑小雞，他盡量選了看起來有精神的。小雞不停掙扎，或許是不想跟同伴分開。不能不小心弄掉牠，同時也不能壓到牠，於是尼爾輕輕用掌心包住小雞，跑回家。

村裡的人很早起。出門前空無一人的道路，現在看得見來來往往的行人。尼爾邊跑邊跟他們打招呼，突然有個人叫住他。是開食材店的女性。

「你來得正好。尼爾，聽說今天波波菈小姐拜託你去採藥草。可以麻煩你順便幫我採蘑菇嗎？」

「好的。」

村民不太會到村外。因為非常費事又麻煩。在外面走需要注意很多事。不能刺激暴躁的野生動物，更重要的是不能接近陰影處和暗處。白天才能離開村子或街道，而且還只限於大晴天的幾小時內。早上和傍晚必須待在能馬上衝進村裡的地方……

「跑腿費給你南瓜怎麼樣？我這邊有又大又甜的。悠娜喜歡吃南瓜對吧？」

尼爾回答「謝謝妳」，再度飛奔而出。這個村子的人都很溫柔。否則無依無靠的自己和妹妹，死在路邊都不奇怪。即使有雙親留下的房子。

穿過有噴水池的廣場，就能看到兄妹倆的家。用磚頭蓋成的小屋的窗戶，看得見一個人影。是悠娜。下一刻，人影已經消失，大概是發現尼爾了。

「哥哥，你回來了！」

尼爾還沒開門，悠娜就從家裡衝出來。她氣喘吁吁，似乎是跑下樓的。

「我回來了。悠娜，不是跟妳說過早上和傍晚不可以跑步嗎？」

「啊。」

悠娜身體不好。換季時絕對會感冒，稍微熬夜一下就會發燒，玩得太激烈會咳嗽。食量也小，很快就會肚子痛或嘔吐。

「對不起。悠娜又會一直咳嗽了？」

「早餐吃飽，當個乖孩子就不用擔心囉。進屋裡去吧。風還有點冷。」

尼爾用背部關上門，告訴悠娜「我有帶禮物給妳」，悠娜便露出燦爛的笑容。

「什麼禮物？」

尼爾將包著小雞的手拿到悠娜耳邊。雖然叫聲還很小聲，這樣就夠了。

「是小雞！」

「猜中了。來，手伸出來。」

他輕輕把小雞放到悠娜的掌心。不曉得是不是因為突然變亮害牠嚇到，小雞縮起身子發著抖。

「軟軟的，好溫暖。」

「牠還很小，可以養在家裡喔。」

「真的嗎？」

「媽媽還在的時候，家裡也有養。」

餵食放養在庭院的雞，是尼爾的職責。因為獨自掌管家務的母親很忙，根本沒空連這點事都顧到。

父親去遙遠的城鎮工作，大部分的時候都不在家。悠娜出生後沒多久，他同樣在遙遠的城鎮過世。所以，尼爾對父親沒什麼印象。

父親是死是活，尼爾他們的生活都不太有變化。母親在庭院的小菜園種菜，接村民的委託幫忙做衣服、縫補衣物。就尼爾所知，母親的雙手總是在工作。

那雙手停下的時候，母親的時間也停止了。是五年前的事。當時尼爾剛滿十歲，悠娜才一歲半。

毫無前兆。一個平凡無奇的黃昏，母親在廚房攪拌鍋裡的食物，回頭叫尼爾把櫃子裡的盤子拿出來。然後維持著那個姿勢倒下。

尼爾無法理解發生了什麼事，衝出家門，跑到波波菈在的圖書館。管理大量書籍的波波菈，肯定會幫忙出主意。不只尼爾，村裡的每個人都如此相信。

然而，看了一眼倒在地上的母親，波波菈就悲傷地搖頭。尼爾一時之間無法相信。比起生命消逝，更像物品故障。但他只能接受。看見波波菈的表情，尼爾明白了。母親死了。

波波菈的雙胞胎姊姊迪瓦菈來了，幫忙將母親的遺體放進棺材，村裡的居民開始準備葬禮，儘管如此，尼爾的腦袋還是像麻痺一樣，什麼感覺都沒有。也沒有哭。

不，在葬禮途中，他一度差點哭出來。喉嚨深處突然像抽筋一樣一陣刺痛，眼前變得模糊不清。可是，眼淚很快就收回去了。因為悠娜先哭了出來。

悠娜那個年紀，還無法理解母親的死。大概是看見尼爾泫然欲泣的表情，為此感到不安。確實如此，尼爾露出微笑，悠娜就瞬間停止哭泣。他幫她擦拭哭得一把眼淚一把鼻涕的臉頰，悠娜已經在笑了。

看見那抹笑容的瞬間，尼爾意識到，父母都走了，如今只有自己能守護小小的悠娜。

2

吃完前天的剩菜當早餐後，尼爾著手準備出門。

「哥哥，悠娜不能跟去嗎？」

這個季節，藥草最多的地方在東門外面。以前帶悠娜去過。

「悠娜也想幫忙……」

話講到一半，悠娜就開始咳嗽。沒有太嚴重。尼爾把手放在悠娜的額頭上。沒發燒。可是——

「今天不行。萬一晚上妳身體不舒服怎麼辦？」

「嗯……」

一個禮拜前，悠娜因為發燒而下不了床。現在體溫恢復正常，也有食慾。但即使症狀輕微，尼爾還是很擔心她一直咳嗽。

「不過，妳可以出門一下下。」

尼爾心疼無精打采的悠娜，提議道。不出所料，悠娜馬上恢復精神，表示想幫忙跑腿。

「那妳幫哥哥買一顆洋蔥和一根紅蘿蔔。」

「紅蘿蔔，買最小的可以嗎？」

「不行。波波菈小姐不是說過嗎？紅蘿蔔對身體很好。」

「嗯，悠娜會乖乖吃紅蘿蔔。這樣就不會發燒，也不會咳嗽對不對？」

尼爾輕撫她的頭代替回答，給悠娜一枚銅幣。今天會拿到採集藥草的報酬，如果只是一枚銅幣，用掉也無妨。

外面天氣不錯。悠娜大概是太久沒外出，心情很好，抱著購物籃正要衝出去。要是她在這邊奔跑，說不定又會咳嗽。尼爾握緊悠娜的手。

「哥哥，東門不在這邊喔？」

「一起走到噴水池吧。」

從尼爾家到噴水池的路途，是平緩的下坡，會讓人忍不住想用跑的，但前面的路人會變多，悠娜也不會亂跑吧。尼爾也覺得自己過度保護，但他不忍心看到悠娜發燒難受。

「哥哥！剛才那邊啪唰了一下！是魚嗎？」

悠娜指著水道，兩眼發光。尼爾稍微施力，重新牽好彷彿會立刻探出身子的悠娜。

「水道裡的魚不會跳。」

聽說海裡還有會跳到空中的魚，不過村子水道裡的魚都很安分。

「悠娜也想去提水。」

「還不行。水桶裡的水很重，要是摔進水道就糟了。」

村裡的水道是重要的生活用水。為了避免弄髒水，可以釣魚的地方是固定的，也禁止小孩玩水。因此尼爾、悠娜和絕大部分的村民都不會游泳。萬一掉進水道，誰都救不了他們。

「如果能幫上哥哥更多的忙就好了……」

「悠娜等等不是要去買東西嗎？妳有幫哥哥的忙啊。」

悠娜聽了，開心地點頭。

不久後，噴水池的方向傳來歌聲，以及指甲撥弦的柔和聲音。

「是迪瓦菈小姐！」

天氣晴朗的時候，迪瓦菈固定會坐在噴水池前面，彈奏愛用的樂器唱歌。尼爾無法想像村裡聽不見迪瓦菈的歌聲，就跟無法想像圖書館少了波波菈一樣。

悠娜的手滑出掌心，尼爾卻沒有阻止。迪瓦菈和波波菈這對姊妹，對悠娜來說是如同母親和姊姊的存在。

「早安。悠娜，妳退燒了嗎？」

迪瓦菈輕戳悠娜的臉頰，揉亂她的瀏海。

「嗯，悠娜要去買東西……」

乾咳導致悠娜沒能把話講完，迪瓦菈不安地抬頭望向遲來的尼爾。

「悠娜三天前退燒，但還是在咳嗽。」

「這樣啊。好像不嚴重就是了。」

不會跟感冒一樣喉嚨有痰，也不會每次呼吸都發出咻咻聲，而是感覺有點無力的乾咳。儘管看起來沒有很難受，悠娜從未像這樣咳嗽過。這讓尼爾擔心起來。

「等妳買完東西，回家時順便去找波波菈吧。昨晚她幫武器店的婆婆做了止咳藥，大概還有剩。」

悠娜的臉垮了下來，或許是想到波波菈做的藥有多苦。迪瓦菈見狀，對她說：

「如果妳乖乖忍耐，把藥喝了，波波菈應該會講故事獎勵妳喔。」

「真的？會講大樹的故事給悠娜聽嗎？」

「嗯。」

「悠娜要去找波波菈小姐。乖乖吃藥，請她講故事給悠娜聽！」

「在那之前得先去買東西吧？」

「啊，對喔。我出發了。」

悠娜轉過身。尼爾向愉快地笑著的迪瓦菈低頭致謝，跑向東門。

他再度經過家門前，跑上陡峭的坡道，東門就在眼前。熟稔的守衛睡眼惺忪地伸著懶腰。

「早安。」

「喔，早安。要去外面的話小心點。好像有人在村子附近看見魔物。」

魔物。遠比棲息在野外的獸類危險的東西。看到人就攻擊的黑色敵人。人們不敢到村外，也是因為魔物。

「不過今天天氣好，牠們應該也會安分點。」

魔物畏懼陽光。所以放晴的白天大多不會出現。反過來說，陰天和陽光減弱的傍晚以後，陰暗處和草叢裡面就有危險。

魔物的弱點只有陽光，火把類的道具亮度再高似乎都沒效。理由不明。說起來，關於魔物的不明事項還比較多。牠們是生物嗎？吃什麼東西？如何增加？智商多高？

幸好沒聽說東門周圍有魔物出現的消息，反而有野生的山羊。性格比平原的綿羊更加粗暴，隨便靠近的話會被用角撞、用蹄踢。尼爾跟正在吃草的山羊保持足夠的距離，以免刺激牠們，開始採藥草。

聽說很久以前的人會飼養綿羊和山羊，不曉得是真是假。竟然把綿羊跟山羊當成雞鴨飼養，難以想像。除非用魔法，否則根本不可能讓牠們安分地待在村裡，不造成危險吧……

這麼說來，聽說很久以前晚上會變得漆黑無光。這一點也很難相信，不過若是事實，那個時代應該沒有魔物。太陽躲到地平線下，外面變暗的話，魔物就能為所欲為，人類將瞬間滅絕。

一想到黑暗每天都會來臨，就覺得可怕，可是一隻魔物都沒有的世界，肯定很好過生活。

思及此，尼爾選擇放棄思考。想像這麼久以前的生活毫無意義。因為這麼做不能改善他們的生活品質，悠娜的身體也不會變好。

採完一整袋藥草，以及一整籃蘑菇後，他望向腳邊的影子。比當初預料的還要早結束。離陽光減弱的傍晚還有一段時間。

再走前面一點，就有會長出悠娜愛吃的紅色果實的樹。時間充裕，尼爾卻打消念頭，走向東門。快點回家吧，今天想陪在悠娜身邊——他不知為何這麼想。

3

「你們正好錯過。悠娜妹妹不久前回去了。」

波波菈接過藥草袋，微笑著說。

「早知道再唸一本繪本給她聽，但有人寫信給我。」

「沒關係。不好意思，工作這麼忙還要麻煩妳。」

波波菈的工作種類繁多。主要是管理這間圖書館，除此之外還有跟姊姊迪瓦菈一起處理與居民生死相關的各種事務。在附近的村子及城鎮出生的嬰兒，會由迪瓦菈和波波菈接生，死者由迪瓦菈和波波菈弔祭。

另外，附近的村子及城鎮的管理者動不動就會來找博學多聞的波波菈幫忙。自己住的村子或城鎮發生問題時，他們會送信或派人過來，尋求波波菈的建議。

「悠娜妹妹的咳嗽，跟平常不太一樣。」

果然不是錯覺的不安感，以及波波菈注意到了就不會有問題的安心感，於尼爾心中交錯。

「所以我沒給她吃止咳藥。我覺得再觀察一下比較好。」

「那今天得叫她早點睡才行。」

或許晚餐最好也早點吃。幫她暖床，明天讓她休息一整天……尼爾在腦中計畫，波波菈輕笑出聲。

「這麼操心的話，你會先撐不住喔。」

「可是——」

「放心吧。你做得很好。」

聽見波波菈這麼說，尼爾打從心底鬆了口氣。他再次感受到，他們比村裡的任何人都受到這對姊妹的照顧。

離開圖書館後，尼爾將蘑菇送給委託人，帶著南瓜回到家。晚餐就來煮甜甜的南瓜吧，悠娜一定會高興。

他邊想邊抬頭望向二樓的窗戶。不過，悠娜不在那裡。若是平常，尼爾回來時，悠娜都會貼在窗邊看著外面。他有股不祥的預感。

「悠娜！」

尼爾以要破門而入的氣勢打開門，衝進家。

「哥哥？」

悠娜把小雞放在手心，疑惑地仰望他。尼爾因為太放心的關係，差點當場癱坐在地。悠娜在照顧小雞，所以才不在二樓。

「怎麼了？」

「沒事。」

悠娜會不會昏倒了？會不會縮著身體咳得很難過？他覺得腦中盡是這些畫面，驚慌失措的自己很可笑。

「小雞吃了好多飯。」

悠娜開心地撫摸小雞，像在對待易碎物似的，小心翼翼把牠放回籠子。

「跟你說喔，波波菈小姐說悠娜可以不用吃咳嗽的藥。不過要注意保暖，快點上床睡覺。還有，那個……」

是平常的悠娜。她跟在回到家的尼爾身後，不停述說當天發生的事，彷彿要取回兩人分開的那段時間。

尼爾安心地放下行囊。背對悠娜聽她說話，在廚房生火。悠娜的聲音隨著乾咳聲停止，咳嗽聲變得有點激烈。

「悠娜，妳說太多話了。該休息一下。」

他正想轉身的瞬間，聽見嘔吐聲。似乎是咳得太厲害，吐出來了。尼爾連忙準備衝過去，僵在原地。悠娜摀住嘴巴的雙手染上黑色。明顯不是嘔吐物，散發噁心的臭味。他慢半拍才發現那是血腥味。

「哥……哥……好……痛……」

悠娜一臉快要哭出來的模樣，試圖起身，結果又開始咳嗽。暗紅色血塊從指尖滑落，在地上的血泊中彈起來，宛如蠢動著的生物。

不祥的詞彙掠過腦海。黑文病。人稱黑色死神的疾病。

4

「總之，我想這樣病情就會穩定下來。」

波波菈用眼神示意尼爾到房外去。陪在終於入睡的悠娜身邊的迪瓦菈也點點頭。

在那之後的事情，尼爾記不太清楚。他記得自己背著在叫痛的悠娜衝到外面。遇到迪瓦菈，然後她叫他回家。

回過神時，他在跟迪瓦菈一起擦拭被血弄髒的地板。波波菈不知道什麼時候來了，在餵悠娜吃藥。

明明比任何人都還要可靠的人來了，內心的不安卻不斷膨脹。

父親去世的時候有母親在，母親去世的時候有悠娜在。那悠娜去世的話？他覺得自己正在被黑暗的洞穴吸進去，無法想像接下來的事。

「為什麼……為什麼悠娜會？」

下到樓下，與波波菈兩人獨處時，尼爾忍不住這麼說。

「她還那麼小。是因為我沒有好好照顧她嗎？是吃得不好嗎？」

「不，不是你沒有好好照顧她，也不是食物的關係。」

「那……難道是媽媽的……」

聲音顫抖，無法講出接下來的話。

難道是媽媽的關係？

五年前，突然病逝的媽媽就是得了黑文病。很久很久以後，波波菈告訴他的。她怕孩子們擔心，一直勉強自己隱瞞症狀。

「不，不是的。也不是因為那樣。雖然不知道黑文病的原因，至少可以確定它不是父母會遺傳給小孩的疾病，人類也不會互相傳染。」

體質和生活習慣都查不出關聯，身體強壯的人得病也不罕見。波波菈告知母親的死因時，有跟他說明過。

「難道波波菈小姐早就知道了？」

或者，迪瓦菈也知道。聽見悠娜的咳嗽聲，叫她去找波波菈的人，就是迪瓦菈。然後，波波菈沒有讓悠娜吃止咳藥，而是說要觀察一下。是因為她知道平常的藥沒有效果吧。

「我本來希望是我誤會。可是，我跟迪瓦菈都看過黑文病的患者……」

波波菈用細不可聞的聲音說道，低下頭。

「悠娜……之後會怎麼樣？」

她能活多久？尼爾開不了口問這個問題。他知道黑文病是致命的疾病，沒有特效藥也沒有治療法。正因為是人人畏懼的疾病，每個人都懂得一些基本知識。而且，對尼爾來說那是奪走母親的病，不可能毫不關心。大人在討論黑文病的時候，他會忍不住豎起耳朵。

「症狀因人而異，不過發燒、咳嗽、疼痛的症狀會持續下去。悠娜說背會痛，正確地說是骨頭在痛。有人是腳的骨頭會痛，有人是手的骨頭會痛。」

隨著病情惡化，疼痛的部位將擴及全身。不久後連身體都無法自由行動，就算一直躺在床上，也會受到疼痛的折磨。還會因為吐血的關係愈來愈衰弱，病情突然惡化。

事到如今，尼爾才知道原來媽媽笑的時候，承受著那樣的痛苦，為此感到心痛。

「如果身上浮現類似黑色文字的東西，代表剩下的時間不多了……」

「沒辦法治療嗎？」

他明白這是個蠢問題。即使如此，還是忍不住詢問。

「吃藥可以稍微減輕疼痛，但無法根治。」

「可以讓悠娜不那麼痛對吧？那——」

不希望悠娜難受，至少想為她減緩痛楚。波波菈卻輕輕搖頭。

「黑文病的止痛藥必須跟其他地方買。因為村子附近沒辦法找到材料，和止咳藥和退燒藥一樣。」

意即價格不菲。尼爾總是會採藥草回來，所以需要止咳藥和退燒藥的時候，找波波菈就行了。但要跟其他地方買的藥可沒那麼簡單。

「不過……只要是為了悠娜。」

波波菈哀傷地垂下目光，什麼話都沒再說。

5

為了悠娜什麼都願意做。身為她的哥哥，尼爾的心意沒有半分虛假，可惜現實是殘酷的。

他不是完全沒有積蓄。母親去世後，他發現父親的信跟少許現金一起保存得好好的。尼爾始終沒有動到那筆錢，以備不時之需。母親大概也是這樣想，才一直保管著它。

儘管金額不大，緊急時有一筆錢可以用，令人心安。因此聽到止痛藥很貴，尼爾也覺得總會找到辦法。

事實上，止痛藥十分有效。雖然悠娜不斷咳嗽發低燒，黑文病的咳嗽原本就是輕微的乾咳。不像換季時的咳嗽那樣，嚴重到害她睡不著。只要抑制疼痛，即可大幅減輕身體負擔。

問題在於必須持續服用那種藥。一旦中斷，疼痛就會毫不留情地襲來。所以尼爾非得支付高額的費用持續買藥。儲蓄很快就用完了。

「哥哥……你已經要出門了嗎？」

悠娜揉著眼睛坐起上半身，看起來很睏。尼爾換衣服時有注意不要發出聲音，或許是感覺到他的氣息，害悠娜醒來了。

「哥哥今天要去採紫萁，得早點出門。妳可以繼續睡。」

「要去有可怕的羊咩咩在的地方嗎？」

悠娜垂下眉梢。北方平原有許多紫萁。然而，那裡經常出現魔物，也有一堆野生的羊。

「對不起。都是因為悠娜生病了，哥哥才……」

「別擔心。」

尼爾打斷悠娜說話，展露笑容。

「哥哥不會輸給羊。去年哥哥不是有帶過羊肉回來嗎？」

但當時村裡的大人也在，尼爾打倒的羊中了陷阱，處於虛弱狀態。

「今天雖然是要去採紫萁的，哥哥以後會再讓妳吃到羊肉。」

這並不是用來讓悠娜放心的謊言。尼爾的力氣比一年前更大，跑步也變快了。只要有一把好武器，應該能去獵羊。不過最困難的就在於弄到一把好武器。

「我出門囉。」

路上小心——朝他揮手的悠娜又咳嗽了。

前往平原前，尼爾先繞到南門一趟。這個時間大部分的村民都還在睡，商店街也看不到人。安靜的路上，只聽得見自己的腳步聲。

不久後，他聽見水車轉動的聲音及母雞的叫聲。這個時間，養雞男子的妻子應該在撿雞蛋。果然，他在南門旁邊看見熟悉的人影。

「早安。」

尼爾站在稍遠處呼喚對方，避免不小心踩到草叢裡的蛋。養雞男子的妻子抬起頭。

「早安，尼爾。你今天起得真早。」

「那個，請問，有沒有什麼工作……」

為了賺取悠娜的藥費，工作愈多愈好。於是他養成了逮到路上的村民就問有沒有工作可以做的習慣。

「對不起。現在人手充足，沒有事拜託你幫忙。」

養雞男子的妻子愧疚地說。他們養的雞原本就是夫妻倆就照顧得來的量。能靠這一帶的草及土裡的蟲養活的雞，數量並不多。數量一多，還得特地買飼料養。養雞夫婦沒有富裕到那個地步。

「對了。如果你要去海岸鎮，幫我撿貝殼回來吧。」

「貝殼？」

「聽說餵雞吃碎掉的貝殼，生下來的蛋品質比較好。」

「那要去那裡跑腿的時候，我會順便撿回來。要等一段時間就是了。」

「當然沒問題。我不急，你方便的時候再說。」

為了一件事特地跑到海岸鎮，太遠了。而且尼爾不喜歡那個地方。他只去過一次，對那座城鎮只有不好的回憶……

尼爾再度經過商店街，前往北門。村民還沒起床。平常會有兩個的北門守衛，現在也只有一個人。他按照慣例詢問有沒有工作，守衛困擾地搖頭。

「不過，我會幫你問問看經過這裡的人有沒有工作可以給你做。等你回來再來一趟吧。」

「謝謝。」

「別抱太大的期望。」

不能怪守衛特地叮嚀。這個村子的人都心地善良，同時也都經濟拮据。其他城鎮拿來餵雞的麥屑和拿來釣魚的瘦小河魚，在這個村子也是珍貴的食材。

容易匱乏的不只食材，人力也極度不足。因為大部分的人都沒錢雇人。即使是相較之下較為富裕的村民，頂多也只會花錢做衣服或修補衣服。除了自己開店、養家畜的人和守衛，成年男性只能到外地工作。之前尼爾的父親也是其中之一。

因此，村民給尼爾的「工作」反而更像施捨。他們特地找事情給尼爾做，讓他換取零錢或食物。他很明白想繼續在這個村子賺錢，是有難度的。

話雖如此，尼爾才十五歲，到其他城市也不會有人願意雇用他。他誠心盼望能快點長大。想要好好賺錢。這樣下去別說藥費，連明天的三餐都沒著落……

他花了半天在平原採紫萁，回到村子。守衛遵守承諾，幫他詢問經過北門的人，可惜沒人有事想找尼爾幫忙。

他也找迪瓦菈商量過。在酒館唱歌的迪瓦菈熟悉村裡的情況。對村民而言，迪瓦菈是可以抱怨、傾訴煩惱的對象，就跟他們會去找波波菈徵詢意見一樣。

然而，今天連那位迪瓦菈都連連搖頭。

「我說，尼爾。正好有位老婆婆在找房子。她說住在遠方的兒子和媳婦要回來了。」

「迪瓦菈小姐，妳的意思是……」

「把房子賣了，就能暫時撐一下。圖書館有多的房間，總有辦法找地方給你們住。」

他從未想過賣掉房子。那棟房子又舊又小，八成賣不了多少錢，就算這樣還是能買藥給悠娜。可以從害怕買不起藥的恐懼下得到解放。

「要不要考慮看看？」

他明白答應才是對的。家裡已經沒有積蓄。賣掉房子，拜託波波菈讓他們借住在圖書館的房間是最好的。

理智上明白，卻點不了頭。對於從小體弱多病，一直待在家的悠娜來說，那棟房子是特別的地方。更重要的是，那是唯一與亡母有連結的地方。母親的衣服跟日用品都賣掉籌錢了。連稱得上遺物的東西都不剩，現在連房子都要賣掉，尼爾於心不忍。

「我還是……」

尼爾只是低著頭，沒有說下去。聽見迪瓦菈說「知道了」，他抬起頭來。

「我想也是。嗯，知道了。」

無須多做說明。最瞭解他們兄妹的，就是迪瓦菈波波菈姊妹……

「對不起。妳明明是為我好才建議的。」

「不會。我早就覺得你會那樣回答。是我不好。」

尼爾推開沉重的門，離開酒館。想到今天已經沒有工作要做，明天的行程也還沒決定，就覺得憂鬱。

回家路上，他看到年輕女子拉著小孩說「不可以去那邊」，心情更加低落。他隱約察覺到村裡的女性禁止自己的小孩到尼爾家附近玩。她們害怕悠娜將黑文病傳染給孩子。

當然，每位村民都知道黑文病不會傳染給人。所以人們不會明顯避開尼爾，而是照常跟他相處。

但村民還是會擔心。雖說黑文病不是傳染病，會不會只是不容易傳染給人而已？就算大部分的人都沒有感染，特定對象是不是就會得病？既然原因不明，沒有事情是能百分之百確定的。

母親拚命隱瞞病情，不只是因為不想讓兄妹倆操心，而是害怕萬一其他人知道，說不定連那一點點工作都接不到。再怎麼痛苦，都比養不起孩子好。

萬一村民知道母親的死因，現在會怎麼看他們？還會對兄妹倆那麼親切嗎？更何況，要是他們知道悠娜得了同樣的疾病？會只停留在「不可以去那邊」的程度嗎？

他拖著彷彿掛著枷鎖的雙腿，猛然驚覺。上次是什麼時候幫菜園澆水的……？所剩無幾的現金全拿去買藥了，至少食物想要自給自足。母親在世時都把庭院當成菜園用，照理說不是不可能。於是，他拔掉雜草，翻土，費盡千辛萬苦取得一些種子播種。

拜託要趕上——他祈禱著狂奔。賣力奔跑，跳過倒塌的圍牆。然而，趕到庭院的尼爾當場跪地。

好不容易開始長葉子的芽苗，通通枯掉了。今天起得很早，昨天從早到晚都在跑腿，沒時間在途中回家。前天……

仔細一想，母親對澆水這件事重視到神經質的地步。她把雞交給尼爾照顧，菜園卻不准尼爾碰。想必是因為她知道，用貧瘠的土壤種植作物有多麼困難。

兩個小孩要靠自己的力量在這個窮困的村子過活，終究不可能嗎？果然只能把房子賣了？家裡已經沒有東西可以賣錢……

以為沒有任何希望的瞬間，這個想法竄進心中。還有東西可以賣。沒錯，僅剩的那一個。

他想站起來，卻做不到。感覺背上壓著十分沉重的重物。快點回家，幫悠娜做飯，餵她吃藥，然後準備明天的行程……好幾件要做的事浮現腦海，尼爾卻動彈不得。

6

「哥哥，今天要去哪裡？」

悠娜不安地看著他，大概是從尼爾準備行囊的樣子，看出他要去遠門。

「要去海岸鎮跑腿。」

悠娜閉著嘴巴，抓住他衣服的下襬。或許是察覺到了什麼。

「有人拜託哥哥去撿貝殼。聽說是因為餵雞吃貝殼，生下來的蛋會比較好。要把貝殼磨碎再餵，雞會吃那種東西嗎？」

他沒說謊。尼爾慶幸自己昨天有跟養雞男子的妻子聊到。全是事實。悠娜卻不肯放開他的衣服。

「就只有這樣？」

「不，當然還有其他工作。要去那麼遠的地方還只有撿貝殼的跑腿費，太不划算了吧。」

這次他說謊了。沒有其他工作。

「花店的婆婆叫我幫她買球根，鬱金香的球根只有海岸鎮有賣。」

好像說太多了。尼爾如此心想，卻停不下來。他覺得得一直說謊才掩飾得了，否則一切都會被悠娜看穿。

「還有材料店的叔叔……」

「今天晚上，悠娜要一個人嗎？」

看著悠娜垂下頭，尼爾鬆了口氣。悠娜沒看穿。她只是寂寞。八成是想到半年前自己一個人看家的時候，覺得不安吧。

海岸鎮很遠。中途還會經過據說有凶暴魔物出現的南方平原，所以只能在陽光強烈的時間點移動。再怎麼趕路，都很難當天來回。

「有那麼多工作，不能馬上回來對不對？」

「之前悠娜不是也有一個人看家過嗎？妳已經比當時還大了。」

尼爾告訴她「看家也是重要的任務」，悠娜總算放開他的衣服。

他轉身背對不安地目送他的悠娜，反手關上門。頭也不回地奔跑。假如在這裡停下，可能會再也無法前進，他會怕。

他跑到喘不過氣才終於止步。轉過頭，看不見村子了。尼爾邊走邊調整呼吸。需要保留體力。魔物跑很快。必須在隔著足夠距離的時候發現牠們，全力奔跑才逃得掉。

有大型魔物出沒的南方平原近在眼前。在哪裡拉開距離比較好、哪裡是可以休息的安全地點，跟以前比起來熟悉許多。可是，尼爾比以前更緊張。

第一次有人託他去海岸鎮跑腿，是在半年前。村裡的人請他幫忙送一封緊急的信、去花店買鬱金香的球根、去材料店買天然橡膠。

儘管把悠娜一個人留在家裡有點不安，尼爾還是離開村子，被遠遠看見的巨大魔物嚇到，拚死穿過平原。第一次看見的大海固然美麗，瀰漫整個城鎮的魚腥味卻令他啞口無言。頭髮和肌膚在鎮上走動的期間變得黏黏的，相當不舒服。花店的女性告訴他，那是從大海吹過來的風導致的。

買完球根和材料，尼爾踏進蓋著一排大房子的區域送信。那一帶的街道錯縱複雜，再加上視野會被建築物擋住。他好不容易把信送達，卻搞不清楚回去要往哪裡走。

不曉得是時間的關係，還是這裡本來就都住著不愛出門的人，即使想問路，也找不到人。也沒有東西給他當路標看。由於他四處亂走的關係，尼爾愈來愈不知道自己身在何處。

就在他走累了，靠在一棟陌生房子的門上休息時——

『你在那裡做什麼？』

尖銳的聲音刺入耳中，尼爾急忙離開門。這句話明顯聽得出語帶責備。

『你不是住這附近的小孩。迷路了嗎？』

他以為對方會幫他指路，放下心中的大石。所以，男子開門出來時，他一點防備都沒有。男子問他是不是一個人來的，他乖乖點頭。

男子咧嘴一笑。尼爾想往後躲，手臂卻被抓住。他的嘴巴被男子摀住，差點被拽進屋內。男子的力氣比想像中還大。

『想不想要錢？』

男子在他耳邊輕聲說道，害他起了滿身的雞皮疙瘩。尼爾使勁全力甩掉男子的手。背後傳來他的笑聲。

『想要錢的話，隨時可以過來。』

他想逃離這個聲音，拔足狂奔。沒有停下腳步，等他發現時，已經跑到海岸了。即使如此，男子的聲音彷彿還是在背後揮之不去，尼爾不停奔跑。

幸好有事拜託他去海岸鎮的村民不多。就算有，他們也會叫尼爾順路的時候再說就行。因此這半年來，尼爾都能避免想起。不管是那件事，還是男子的笑聲。

但他卻再次來到這個地方。海岸鎮映入眼簾時，尼爾的腳步自然而然變得沉重。只要再迷路就好了，找不到那棟房子就好了。然而，諷刺的是，這次他沒有迷路。目的地就在城鎮的入口旁邊。

仔細一看，是一棟豪宅。那男人很有錢吧——思及此的瞬間，男子的笑聲於耳邊重現，尼爾兩腿打顫。一旦向前邁步，就無法回頭了……

他發現自己的內心某處，正在尋找折返的藉口。什麼都別管了，可以了，已經足夠了，我無法承擔更多——心中傳來聲音。

不行。要是我在這裡回頭，悠娜怎麼辦？

母親去世後，悠娜一直是他的心靈支柱。想到明天要給悠娜吃什麼，就能避免去思考對於遙遠未來的不安。忙著照顧悠娜，就能忘記母親已經不在。還是個孩子的自己之所以能撐到現在，也是因為有悠娜在。

「都是為了悠娜。」

實際說出口後，內心就做好了覺悟。尼爾靜靜推開門。

7

悠娜的病情很穩定。疼痛消失，食慾多少恢復了，有力氣餵食庭院的雞，或者去圖書館玩。儘管還是在咳嗽，幸好沒有吐血。

只有尼爾每隔幾天去一次海岸鎮時，她會表示寂寞與不安，除此之外的時間，悠娜都是帶著笑容度過。

這樣就好。自己取回了悠娜的笑容。現在也像這樣守護著悠娜。這樣就好。只要這個事實存在就好。即使他每次拿到悠娜的藥費，都覺得自己心中有什麼東西在逐漸崩壞。

尼爾邊想邊走在村裡的街道上。好想什麼都不去思考，墜入夢鄉。從海岸鎮回來的時候，他總是這樣。回程開始比去程還要難受，是從什麼時候開始的？

尼爾聽見有人呼喚自己，停下腳步。是迪瓦菈。他不知不覺走到噴水池前面了。

「怎麼了？身體不舒服嗎？」

不是。他搖頭。沒有騙人，他只是累了。

「我在想事情。」

「這樣啊。那就好。」

迪瓦菈一如往常的笑容，不知為何令他喘不過氣。

「哦，你把頭髮綁到後面啦？」

「因為……很礙事。」

他養成了將至今以來只是隨便紮好的頭髮，整整齊齊綁起來的習慣。從那個時候起，一直都是。

「原來如此，手真巧。」

迪瓦菈佩服地說，順手伸向尼爾的頭髮。他明白這個動作沒有深意。迪瓦菈從小就經常摸他的頭。所以他明白，可是——

「尼爾？」

他下意識用力擋掉迪瓦菈的手。頭髮被碰到的瞬間，前一晚的記憶浮現腦海。不說話的話迪瓦菈會起疑，尼爾卻發不出聲音。

開始去海岸鎮以後，不只頭髮被人碰觸，連頭髮碰到肩膀都令他極為不快。他總是會想起，那男人粗暴地抓住他的頭髮，以及之後被迫做的事。就算他努力試圖遺忘，那些記憶依舊如同烙印在五感中不停復甦，折磨尼爾。

他甚至想過乾脆直接把頭髮從根部剪掉，不過連這麼做都會被問原因吧。尼爾沒自信能給出合理的理由，而且別人問到這個會使他想起那男人。於是，他只有把頭髮綁起來，以免碰到肩膀和脖子。

「抱歉抱歉。你特地綁了頭髮，不想被人弄亂吧。」

對不起。好不容易說出口的話語聲音沙啞，完全不像自己的聲音。

「啊，對對對。」

迪瓦菈本想繼續彈奏樂器，突然想到了什麼。

「波波菈找你。回家前去圖書館一趟吧。還有……」

「還有？」

「別太勉強自己了。」

尼爾露出複雜的微笑。她應該是看到自己累了，出於擔心才這麼說，不過迪瓦菈什麼都不知道。要是她知道，不可能像這樣關心他，而是會對他投以看待穢物的輕蔑視線吧。

本以為波波菈也會跟他講同樣的話，猜錯了。波波菈沒有問他是不是身體不舒服，也沒有叫他不要勉強。

「有件事想請你幫忙。」

那平淡的語氣，使尼爾有種受到救贖的感覺。現在比起擔心、同情，他反而希望別人對自己冷淡點。

「只不過，是非常危險的工作。不知道適不適合拜託你……」

波波菈語帶猶豫。

「什麼工作？」

「驅除魔物。」

腦中浮現在南方平原看見的黑色巨大身影。他一個人應該連阻止那隻魔物行動都辦不到，更遑論打倒。可是，尼爾沒打算拒絕。

「當然不只你一個。其他城鎮和村子應該會派三個人過來。」

加上尼爾共四人，要靠這四個人清除魔物的巢穴。於北方平原出沒的魔物，很可能是從那裡冒出來的。幸好都是小型魔物，外行人也有能力對付。波波菈向他說明。

「有其他大人跟著，魔物也不強，不過……」

就算不強，對手是魔物就有危險。不得不做好會受一點傷的覺悟，也可能不只「一點」。要是運氣差，搞不好連命都沒了。難怪波波菈會猶豫。然而，尼爾心意已決。

「不能放著魔物不管吧？」

北方平原魔物變多的話，村子也會有危險。

「那我去，而且還得賺悠娜的藥費。」

他不排斥危險，只要是可以不用去海岸鎮的工作。

「那就交給你了。雖然是危險的工作，會給你相應的報酬。」

聽見金額，尼爾懷疑自己聽錯了。想得到那麼多的錢，得去幾次那男人的家？得承受幾次那樣的屈辱？

自己的價值跟驅除魔物的報酬之間的差距，令尼爾目瞪口呆。

「我要去。危險也沒關係。」

「真的要小心喔。」

波波菈眼中，蘊含不是悲傷或痛苦，也不是同情或憐憫的憂鬱色彩。尼爾見狀，察覺到了。

波波菈知道，迪瓦菈恐怕也知道。他如何獲得購買昂貴藥物的金錢。支付了什麼做為代價。正因為發現了，才幫他介紹能賺取高額報酬的危險工作。

知道被發現了的瞬間，尼爾羞恥得臉頰發燙。同時也感謝迪瓦菈和波波菈用一如既往的態度對待他。自己怎麼會覺得會被鄙視呢？她們明明不可能擺出那種態度。

「波波菈小姐，謝謝妳。」

但波波菈眼中的憂鬱並未消失。

8

集合地點是村子的北門。這座村子外人很少，所以尼爾馬上就知道，站在那邊的兩名男子是跟自己接同一份工作的人。

然而，他們八成沒想到有這麼年輕的同行者。一看見尼爾，兩人就皺起眉頭，想把他趕回去。

「小鬼給我回去，我們可不是去玩的。」

「我知道，所以……」

「回去。看到小孩子死在面前，會害我晚上睡不好。」

尼爾不想失去寶貴的工作，無論如何都得讓他們准許自己同行。在尼爾準備抗議時——

「在吵什麼？」

聽過這個聲音，卻不願想起。用不著回頭確認，他也知道那個人是誰。

「你怎麼在這裡？喔，原來如此。你是這個村子的人啊。」

是海岸鎮的男人。為何這傢伙會在這裡？這個疑問在看見男子攜帶的劍的瞬間得到解答。男子家有數不清的劍。似乎是用大把的金錢收購的。男子曾經自豪地說，每把劍上頭都有砍過人的痕跡。擁有扭曲性癖的人，收集癖應該也很扭曲吧。

看來兩名男子認識海岸鎮的男人。從他們的對話中，可以推測出他們在這種工作場合上見過不少次面。海岸鎮的男子接受狩獵魔物的委託，當成把收集品實際拿來玩的機會。

「你認識這小鬼？」

「嗯，我們很熟。對吧？」

海岸鎮的男子露出意味深長的笑容看著尼爾。

「這傢伙應該不會礙手礙腳。他的力氣大到能撞飛成年男性，逃跑速度也相當快。」

他指的是第一次見面時的事。尼爾忍不住別過頭，男子卻直盯著他的臉看，大概是覺得有趣。

「他長得跟女人一樣，個性倒挺倔的，也很能忍。」

手腳僵硬，不聽使喚。連故作親暱地搭在肩上的手都無法甩開。

「說不定比想像中還派得上用場。但我個人是想看看這傢伙被魔物嚇得大哭大叫的樣子啦。」

「既然你都這麼說了，帶他一起去吧。」

再憎恨不過的男人，幫助他得到同行的資格。可以守住這份工作了。還有比這更屈辱的事嗎？

為了悠娜，全是為了保護悠娜……

尼爾緊握雙拳，不停在內心重複，後腦杓突然被人按住。

「你那什麼眼神？」

不，力氣沒大到「按住」的地步。他卻動彈不得。

「我不是告訴過你嗎？少動歪腦筋。」

聲音低沉。其他兩個人應該聽不見的低語聲，隨著溫熱的呼吸觸碰耳朵。彷彿有毒液灌進來，尼爾咬緊牙關。

感覺到手指撫摸綁起來的頭髮的力道，頭髮唰一聲散開了。男子笑著離開他。

尼爾想著必須要快點把頭髮綁好，卻綁不起來。他撿起掉到地上的繩子，發現自己的手抖得很厲害。

9

那座魔物的巢穴，推測位於面向平原的山岳地帶。尼爾很久以前就知道，蜿蜒狹窄的道路深處有座洞窟。害怕陽光的魔物棲息在那裡並不奇怪。

要劈開草木進入山道時，他感覺到手臂和肩膀特別用力。上次拿劍是跟村裡的大人一起獵羊的時候。當時大人們給他的，是用來打倒野獸的鈍刀，這次則不一樣。波波菈為了這次的工作借給他的，是放在圖書館儲藏室的老舊單手劍。

尼爾不知道砍過人的痕跡是什麼樣子。但他從那散發黯淡光芒的劍刃上，感覺到非比尋常的氣息。直覺告訴他，這把劍吸過不只一次的血。

明明這把劍如此危險，拿起來卻很順手，一點都不覺得奇怪。有如劍在等待尼爾拿起它。

「風裡面帶有水氣。」

帶頭的男子歪過頭。經他這麼一說，冰冷沉重的空氣，跟下雨前有幾分相似。可是頭上的藍天萬里無雲。

「趕快搞定工作回去吧，下雨就麻煩了。」

他們說離洞窟還有一段距離。一行人自然而然加快步伐。有時候就算沒有雲，還是會突然下起雨。

出乎意料的是，突然變差的不是天氣，而是視野。

「起霧了!?」

看來帶溼氣的風是起濃霧的前兆。不知不覺間，足以蓋過天空的濃霧籠罩周遭。

「怎麼辦？要先回去一趟再來嗎？」

「進了洞窟，有沒有霧就沒差了。」

快走吧——帶頭的男子話講到一半，白霧後面出現好幾個黑影。

「是魔物！」

尼爾立刻回頭，背後也有黑影在接近。被包圍了，而且數量並不尋常。

「我知道了！魔物不是棲息在洞窟！包含洞窟在內，這一帶全是魔物的巢穴！」

即使不是洞窟，只要陽光被遮蔽，魔物就能活動。山邊的日照時間原本就短。狹窄的山道經常起濃霧，以魔物的棲息地來說，條件足夠齊全。

他聽見有人喊著「要來了」。黑影逼近面前，尼爾使勁揮下手中的劍。

從劍刃傳來的手感又沉又重，跟殺羊的感覺很像。在他如此心想時，尼爾看見紅色。溫熱的液體濺到身上，是血，氣味和悠娜嘔出的黑血一樣。第一次看見的魔物血液，令尼爾困惑不已。

看起來只是黑影的魔物，砍下去的手感卻跟野獸一樣，會流出紅色血液。然而，打倒後不會留下屍體。被砍死的魔物化為黑霧消散，只留下一灘紅黑色血漬。

魔物究竟是什麼？

不過，這個疑惑也馬上從腦海中消散。他無暇顧及那些。雖說是弱小的小型魔物，數量太多了。他什麼都沒辦法思考。

尼爾忘我地揮劍，身上濺滿大量的鮮血。再怎麼殺，霧氣另一側都會出現黑影。神奇的是，那個影子與人類十分相似。有頭部，有四肢，站在地上移動……

不知不覺間，他連自己在砍的是不是人都搞不清楚。

說不定自己在砍的不是魔物，而是活生生的人類？這個紅色的黏稠液體，是不是人類的血？

回過神時，眼前是熟悉的衣服。是海岸鎮的男子。他似乎全神貫注在測試珍藏的劍上，完全沒發現尼爾近在身旁。男子臉上掛著淺笑，全身浴血的模樣比起人類，更像怪物。

自己直到剛才，都是同樣的表情吧。肯定帶著跟這男人一樣的表情，不斷屠殺魔物。因為自己在內心的某處以殺戮為樂。連續打倒好幾隻魔物，甚至會感到驕傲。

誰才是怪物？魔物嗎？還是他們？

霧變濃了。

10

自己殺了多少魔物，尼爾已經無法估計。大腦還處於麻痺狀態，無法好好思考。只不過，他確信周圍這一帶的魔物大多殺掉了。尼爾深深吐氣，沿路折返。

儘管沒受什麼嚴重的傷，擦傷及瘀傷似乎還是免不了。全身上下都在隱隱作痛。濺到四肢的血全乾了，一有動作就有種如同抽搐的奇妙感覺。身上肯定散發著惡臭，不過他的鼻子已經習慣，聞不出來。

總之，想快點去洗澡。沒有力氣跑步，所以尼爾盡可能加快走路的速度。

不久後，眼前的霧散去，他追上兩名男子。是在村子的北門前面，試圖把尼爾趕回去的那兩個人。一個人拖著腳，另一個人的左手往不符合人體工學的方向彎曲。

自己只有擦傷及瘀傷，說不定滿幸運的。看到他們，尼爾不禁心想。

兩名男子看見尼爾，同時瞪大眼睛。似乎是以為他被魔物殺掉了。

「原來你沒死！」

尼爾默默點頭。

「了不起。不僅沒礙手礙腳，還活跳跳的。那傢伙說得沒錯。」

講到這裡，男子的臉色變了。

「那傢伙呢⁉你們沒有一起回來嗎⁉」

這次尼爾搖頭。

「……我想也是。沒想到有那麼多魔物。我們還活著，可以說是奇蹟。」

男子輕聲嘆息，向尼爾道歉。

「果然不該帶你一起來。這對小孩子來說太殘酷了吧？」

「不會……」

這樣就買得起止痛藥了。悠娜可以不用受苦了。

沒錯，為了悠娜什麼都願意做。再危險的工作，再骯髒的行為。

「都是為了妹妹。」

「是嗎？總之，沒事就好。」

左手受傷的男子用右手拍尼爾的背，說「回去吧」。尼爾將肩膀借給一隻腳不能動的男子靠，默默走了一段路。

穿過山道，留意著周遭，橫越北方平原。要是在這裡遭受襲擊，他們可抵擋不了，然而或許是拜晴天所賜，放眼望去都沒看到魔物。

尼爾突然想起之前在南方平原看到的巨大魔物。那隻魔物也有手腳，站著走路。

「沒想到人類和魔物那麼像。」

小時候，尼爾都叫魔物「黑漆漆的鬼」。第一次看到真正的魔物時，他覺得那像影子。可是，他從來沒將魔物跟人類聯想在一起過。

「是嗎？有這麼像？」

兩名男子面露疑惑。

「受傷會流血，砍下去的觸感也……」

「要這樣說的話，綿羊和山羊不也一樣？會流血，砍下去的觸感也跟魔物類似。」

這小鬼在想什麼啊。兩名男子笑道。看來他們從未想過魔物和人類的差異。

「說不定實際砍過人類後會發現，跟魔物和羊都不一樣喔。不過這種事也不能嘗試啦。」

「實際……」

尼爾望向自己染血的手。手心沾滿乾掉的紅褐色血液。分不清是人血還是魔物血液的顏色。海岸鎮的男人死了，再也不會踏進那棟房子。

「怎麼了？哪裡會痛嗎？」

聽見男子擔憂的聲音，尼爾回過神。將視線從手掌移開，搖搖頭。

「我在想要快點回家才行。」

悠娜靠在二樓的窗戶旁邊，等待他回來的模樣浮現腦海。今天悠娜也會笑著迎接他吧。

不用再想任何事。守護悠娜，除此以外什麼都不用想。什麼嘛，不是很簡單嗎……

他覺得肩膀變輕了，仰望天空。一如往常的藍天中，一朵雲隨風飄過。

〔報告書 02〕

上一次的報告書也有提到，關於我們在觀察的事件，在那之後算是告一段落了（詳情參閱附件）。我們最擔心的就是這件事拖得太久，幸好沒有發展成這個情況。

只不過，我對於這麼做是否正確依然存疑。事情盡早解決確實值得高興，但那個解決方式，我並不樂見。某種意義上來說，或許可以說是最壞的結局。儘管對尼爾而言，那是最好的結局。

雖說這個結果沒人料得到，我們也有責任。我出於善意，介紹了危險的工作給生活困頓的尼爾。出於善意，將殺傷力高的武器借給接下危險工作的尼爾。我總覺得此舉招致的結果，改變了尼爾的生活 —— 不，改變了尼爾自己。

學會靠自身的力量排除阻礙的尼爾，未來每當面對困境，都會使用不同於以往的做法應對吧。結果肯定會發生跟以往不同的事件。誰有信心斷言，它們不會釀成新的災難？

我們用代號「紅與黑」稱呼的這個事件，是短期內平息的小規模事件，按照慣例，僅僅將紀錄留存於該地區即可。我卻破例將其寫進報告書，以共享情報，是因為無法排除它將引發大規模異狀的可能性。

衷心期盼這個判斷只會是我杞人憂天。

（記錄者·波波菈）

NieR:RepliCant

ver.1.22474487139...

《型態計畫回想錄》

File01

少年之章2

他心想，真希望是夢的後續。即使是在醒來的瞬間會再也不想看見的惡夢，現在他也能樂於接受。

「悠娜！」

他邊跑邊反覆大聲呼喚悠娜。如果這是夢，就會因為自己的聲音醒來。如果這是他作過好幾次的悠娜消失的夢。

諷刺的是，這並非夢境。眼前是通往石之神殿的小徑。

『月之淚？那是什麼？』

『是花的名字。聽說找到那種花，任何願望都能實現，也能變成有錢人。』

『悠娜想要能治好病的藥。』

不該跟她提到這個的。就算沒跟她提到，悠娜是好奇心重的孩子。光是「月之淚」一詞就可能引起她的興趣，為什麼自己沒察覺到呢？

要整天獨自待在家裡這麼小的地方，太過漫長了。即使把在圖書館借來的書通通看完，依然漫長。尼爾覺得悠娜八成很無聊，心生同情，想跟她聊點新奇的話題，於是他將剛從波波菈口中聽見的傳說——有一種名為「月之淚」的花，能夠實現任何願望——告訴了悠娜。

悠娜聽得兩眼發光。看見她開心的表情時，尼爾萬萬沒想到悠娜竟然會做這種事。

抬頭望向二樓的窗戶，沒看到悠娜的那一刻，尼爾就有種不祥的預感。門打開的瞬間，她沒有迫不及待地跑出來，沒有對他說「你回來了」。床上也沒人。

尼爾在圖書館尋找，於村內四處奔走，又回到圖書館。告訴波波菈悠娜不見了，詢問她有沒有頭緒。

『我想想……她有來問我哪裡有月之淚。』

波波菈說悠娜上午來過圖書館，追根究柢問了月之淚的資訊。

『我告訴她以前石之神殿附近有那種花……該不會!?』

就是這個。昨天的對話浮現腦海。如今回想起來，悠娜說想要能治好病的藥的語氣異常認真。

儘管不安，在尼爾衝出圖書館跑向東門的期間，他還是半信半疑的。悠娜那麼小，會一個人跑到村外嗎？

然而，悠娜的緞帶掉在東門外。乍看之下是一條隨處可見的緞帶，但悠娜的緞帶邊緣有點鬆掉。尼爾今天早上才親手幫她綁好，不可能認錯。悠娜來過這裡。

他衝出東門，爬上石階。著急地心想必須在她還沒有離村子太遠時帶她回來。否則通往石之神殿的路又窄，視野又差。一想到悠娜可能會遇到危險，尼爾就背脊發涼。

他賣力奔跑，卻追不上悠娜。在途中被凶暴的山羊阻擋，還因為道路被落石堵住的關係，只得繞道而行，比想像中還費事。悠娜經過的時候，山羊應該在其他地方吃草，尼爾過不去的落石縫隙間，悠娜肯定也能輕鬆地穿過去。

他爬上岩石，走下夾在岩壁間的狹窄道路。結果視野不佳，差點不小心繞回原路，又浪費了時間。尼爾心急如焚，沿路折返，走過令人不耐的漫長吊橋，終於抵達神殿入口。他在途中頻頻呼喚悠娜，卻始終找不到她。表示悠娜真的進入神殿了。

「她一個人跑進這種地方……」

連經常到村外的尼爾，都沒接近過石之神殿，更遑論進入其中。因此他連石之神殿是四周被水環繞的建築物都不知道，也不知道屋頂部分不是平坦的，而是用凹凸不平的牆壁圍住，並不美觀。

走進去一看，中央有棵巨大的樹木，尼爾大吃一驚。好幾位大人才勉強能夠圍住的粗大樹幹穿破天花板，伸展到戶外。陽光從那裡灑落，將神殿內部照得跟外面一樣亮。不只天花板，外牆各處都損壞破洞了，那裡也成了光線的來源。

既然在建築物內部，應該不可能完全沒有暗處，不過光線如此充足，大可不必擔心魔物吧？

「悠娜？」

明明沒有特別大聲，回音卻格外響亮，尼爾感到困惑。他提高音量呼喚悠娜，聽見好幾道回音。

他豎起耳朵，沒感覺到人類或生物的氣息，當然也沒聽見悠娜的聲音。傳入耳中的只有自己的呼吸聲。悠娜不在尼爾的聲音傳得到的範圍內。

悠娜想必用那顆小小的腦袋，絞盡腦汁思考過可能會有花生長的場所。花會在明亮、陽光充足的地方盛開。不是昏暗的室內……

「屋頂嗎？」

腦中浮現被凹凸不平的外牆圍住的難看屋頂。波波菈說悠娜中午來過圖書館。現在是黃昏，已經過了數小時。即使以小孩子的腳程來計算，這段時間也足夠用來走到屋頂。

尼爾衝上從巨樹樹根往上層延伸的螺旋樓梯。老舊的樓梯彷彿隨時會垮掉，不過在陽光的照射下一片光明。假如悠娜來到這裡，肯定會走這條樓梯上去。

來到村外絕對不要走進陰影處，要選陽光照得到的地方走。尼爾記得之前帶悠娜到東門外面時，有再三叮嚀她。悠娜年紀雖小，記憶力卻不錯。

尼爾衝上螺旋樓梯，悠娜的聲音忽然於耳邊迴盪。

『對不起，哥哥。悠娜總是給你添麻煩……』

『悠娜最喜歡哥哥了。』

『等悠娜的病治好，哥哥就會待在家裡了對不對？』

為什麼要跟悠娜聊到實現願望的花？尼爾為自己做的蠢事感到憤怒。想得到月之淚，治好疾病，笑著過生活。為了那樣的願望，悠娜離開安全的村子，來到這裡。落石之間的狹窄縫隙、搖晃的吊橋、吱嘎作響的螺旋樓梯，肯定都很可怕。尼爾腦中浮現即使如此，依然鼓起勇氣前進的悠娜，不禁感到心痛。

千萬不要出事——他祈禱著奔跑。為求保險，上層的走道及小房間他也通通搜過一遍，沒看到悠娜。果然去屋頂了。

這時，他在堆積於走道角落的木箱旁邊，看見目測跟小孩子一樣高的黑影。尼爾感覺到自己的雙腿僵住了。

魔物只有一隻嗎？該主動出擊，還是等魔物攻過來？尼爾慢慢後退，拉開距離，觀察魔物的動作。

黑影以遲緩的動作接近他。有如喝醉的大人。陽光明明近在眼前，魔物卻沒有停下腳步，是真的喝醉了嗎？尼爾待在原地，魔物被太陽照到，消失了。

結果他並未遇到危險，卻莫名覺得不太舒服。沒想到會有魔物主動走進陽光照射的範圍。跟平原的魔物比起來，那隻魔物好像挺笨的。前提是魔物有能用來思考的大腦。

最好不要因為可以不用拔劍而放心。因為沒人摸得透魔物。尼爾用雙手拍擊臉頰，重新繃緊神經，離開那個地方。

他在螺旋階段中斷的地方爬上好幾個梯子。走在路上尋找下一個梯子的期間，他發現一扇開了一小條縫的門。一縷陽光從縫隙射入，推測通往室外。

不出所料，一推開門就有一陣強風灌進來，是條外接的通道。然而，一看就知道那是臨時建造的，以通道來說，那幾塊木板實在太過破舊。

除此之外，木板各處都有磨損或變色。要是在上面劇烈跳躍，搞不好會踩破它。尼爾謹慎地看著腳下的路前進。

通道微微傾斜，通往上方。他被來自地面的風吹得搖搖晃晃，走了一段時間，抵達屋頂。

跟建築物內部一樣，屋頂也十分荒涼。破掉的木箱、崩塌的牆壁。除此之外，分不清是樹根還是樹枝，看似藤蔓的物體纏繞於各處。粗得如同圓木的藤蔓在腳邊翻滾，彷彿在企圖絆住行人的腳。尼爾費盡千辛萬苦跳過那些藤蔓，面前再度出現阻礙，是將屋頂隔成好幾塊的石牆。

在前進的過程中，尼爾發現這裡似乎不是原本的「屋頂」。這裡不是屋頂，而是頂樓，看起來像石牆的東西，恐怕是牆壁。石之神殿本來應該是更高的建築物，因為某些原因，包含屋頂在內的上層崩塌了。

遠遠看見的屋頂部分特別凹凸不平，也不是故意蓋成那樣，而是因意外而遭到破壞吧。

無論如何，在地形改變的場所移動相當麻煩。沒有人工設置的道路，也沒有樓梯。他把身體擠進崩塌的牆壁的縫隙間，拿瓦礫當踏臺爬上去。然後借來應該是以前有人帶進來的梯子，這段期間依舊沒有停止大聲呼喚悠娜。

然而，沒有聲音回應他。連屋頂都找不到人的話，悠娜到底跑哪去了？難道……不祥的猜測再度浮現腦海。尼爾用力搖頭，以驅散這個想法。就在這時，他看見疑似梯子的突起物從不自然的地方冒出來。

本以為屋頂已經被他搜遍了，看來還有沒找過的地方。走近一看，長梯通往下方，前面有扇堅固的門。

悠娜在那扇門後面。他大聲呼喚也沒人回應，肯定是因為聲音被厚重的門擋住了。別怕，悠娜平安無事……

尼爾一口氣滑下梯子，把門打到全開。門後是與雙開式大門相襯的大房間。房間深到得花一些時間才能看遍每個角落，天花板高得要抬頭才看得見。

看見房間深處的瞬間，尼爾放下心中的大石。悠娜在那裡。房間底部的地面比較高，高度正好像一張床。悠娜躺在那裡。八成是走得太累，不小心睡著了。

尼爾衝向悠娜，再次覺得這裡是個奇怪的地方。悠娜躺著的地方前面，有兩具比成人高的巨大石像。它們用雙腳站立，穿著疑似鎧甲的東西，手持武器。形狀看不出是劍還是杖，長柄前端是半圓形。

愈看愈覺得那兩具石像令人毛骨悚然。有那種東西在那邊還睡得著，悠娜想必十分疲憊。

要快點帶她出去。若不給她吃溫暖的食物，馬上讓她上床睡覺，悠娜又會發燒了……

這時，尼爾停下腳步。石像附近有好幾個黑影在搖晃，大小和動作都跟來到這裡的途中看見的魔物相似。

尼爾拔劍砍下去。就算距離拉近，魔物也沒有逃跑，而是無意義地跳來跳去，乖乖被砍中，消失不見。果然是只會隨意走動的無害魔物。可是數量繁多。反正牠們不會發動攻擊，放著不管也無所謂吧。悠娜更重要。

「悠娜！」

他想衝過去抱起她，卻做不到。身體被某種東西擋住了。悠娜明明就在眼前，卻無法接近。

「這是什麼!?」

兩具石像拿著的武器周圍浮現淡淡的圖案，狀似花紋，散發微光。仔細一看，它們手中的武器分別展開了魔法陣。身材嬌小的悠娜好像是從兩者的縫隙間鑽到對面的，不過跟被落石堵住的道路一樣，尼爾過不去。

「可惡！」

他用力拿劍敲擊魔法陣，看見中央飄著一本長著一張臉的書。是這東西在礙事嗎？

「滾開！」

尼爾一面驅除聚集在那邊的魔物，一面不停敲打魔法陣。

「把悠娜……還來！」

格外尖銳的聲響迴盪四周。眼前變得一片純白。強光遮蔽視野。尼爾反射性用手掌遮住眼睛。

類似地鳴的聲音響起。他聽見有東西掉在地上，室內再度回歸靜寂。

尼爾提心吊膽地睜開眼，兩具石像都放下武器，或許是觸發了什麼機關。

「太好了。悠娜！」

他聽見有人在喊痛，卻無暇顧及。

「悠娜，沒事吧!?」

然而，阻礙並未徹底消失。石像後面有另一個魔法陣，而且還冒出新的魔物。

這時，尼爾再度聽見聲音。

「喂，等一下！你打算無視我嗎？」

長著一張臉的書飄到空中，可是尼爾毫不關心。

「別擋路！」

他推開那本書，將手伸向悠娜。又被魔法陣的力量阻擋了。既然如此，只能讓悠娜自己走過來。

「悠娜！悠娜！過來這邊！」

不過，悠娜睡得很熟。

「居然把身為神選之存在的我視為害蟲，所以說人類就是這副德行。」

長著一張臉的書還在碎碎念，煩死了。

「悠娜！快起來！」

任憑他呼喊得再大聲，悠娜還是沒有醒來。該怎麼辦……

「為何不向古代的睿智求助？你要無視遠古之書深奧的建議嗎？」

求助？建議？

「你是什麼東西!?」

他現在才覺得奇怪，這本書在說話。

「你以為我是誰？我可是能賜予你力量的白書。若想藉助我的力量，就給我乖乖低頭。」

「力量……？可以救悠娜嗎？」

不僅會說話。這個叫白書的東西飄到尼爾臉部的高度，做出抬頭挺胸的動作。

「只要我將魔物一舉殲滅，那個魔法陣就會解除吧。」

「你辦得到那種事……？」

然而，站在原地聊天的時間到此結束。無論白書再怎麼說「別小看我」，魔物都源源不絕地湧出來。

「小白，快想點辦法！」

「不要省略我的名字！」

「魔物愈來愈多了！」

不知不覺間，魔物多到能覆蓋周圍。但白書依然鎮定自如。

「愚蠢，竟敢對我刀刃相向。對我這個能用言語修飾森羅萬象的白書……白書……」

白書支支吾吾。魔物的數量又增加了。白書卻沉默不語。

「怎麼了？」

「……想不起來。似乎是因為被你用力敲擊，失去記憶了。」

「怎麼這樣！」

尼爾沒有多餘的心思思考。一隻也好，兩隻也好，總之得減少魔物的數量。他不停揮劍。白書剛才說「只要我將魔物一舉殲滅，那個魔法陣就會解除吧」。即使無法殲滅魔物，只要繼續打倒魔物，是否就能排除前方的阻礙？不管怎樣，必須處理持續增加的魔物。

好久沒有一次對付這麼多敵人了。話雖如此，已經學會的戰鬥方式會永遠記在腦海。尼爾以最小的動作揮劍，避免浪費體力。有砍中的手感。黑影在被砍中的下一刻噴出血液，最後化為黑色塵埃消失……照理來說。

「為什麼!?」

理應化為飛沫四濺的魔物血液，發生詭異的現象。一滴不剩地被白書吸入。

「小白……吸了那些血嗎？」

白書並未回答尼爾的問題。

「鮮血即是聲音……聲音即是語言……語言即是……力量……」

「小白，你怎麼了？」

「這是……記憶？」

「小白!?沒事吧!?」

這也是他用劍重擊白書造成的後遺症嗎？白書微微晃動。尼爾覺得這副模樣看起來像在感到困惑。

「振作點！」

就在這時。發光的石礫從白書迸發。石礫射向魔物，粉碎黑色的身軀。噴出來的黑血再度被白書吸入。這次，白書用嚴肅的語氣低聲說道：

「嗯，看來只要打倒黑色的傢伙，我就能取回力量。」

「力量？魔法的？」

「對。這正是偉大白書的……」

尼爾沒聽到最後。吸收魔物的血，白書就能使用魔法，將魔物「一舉殲滅」的魔法。知道這件事就夠了。

「悠娜，等我！我馬上過去！」

尼爾不斷砍殺白書周圍的魔物。需要血。多一滴也好，需要給小白血。白書射出魔法，吸收血液。粉碎魔物。尼爾則不斷與白書一同揮劍。

魔物的數量急速減少。牠們接連出現，白書卻用更快的速度粉碎魔物。

「這樣就……結束了嗎？」

回過神時，黑影消失得一隻不剩。殲滅魔物了，魔法陣總算解除。尼爾氣喘吁吁，跑向悠娜。

「慢著。」

用不著白書制止，尼爾停下腳步。石像的眼睛發光了。兩角石像發出紅光，獨角石像發出藍光。彷彿在等待那群魔物消失才醒來。

不僅如此。兩具石像抬起沉甸甸的腳，簡直像……在走路。

「看來事情沒那麼簡單。」

石像舉起武器逼近。每當抬起來的腳落在地面上，地鳴般的聲音就會傳遍四方。石像相當巨大，光是腳的長度就跟尼爾一樣高，想必也有一定的重量。

「會動的石像跟會說話的書……」

「都不是童話故事。認真戰鬥！」

尼爾連回答「我知道」的心思都沒有。半月形刀刃從眼前揮下。刀刃在尼爾躍向後方的同時擦過鼻尖，陷進地板。

「那些傢伙的劍攻擊……不容小覷。」

劍尖砍斷的可不是紅蘿蔔或南瓜。是石頭做的地板。真是驚人的破壞力。想到要是再慢一步，就會換成自己的腦袋跟煮熟的蔬菜一樣被砸爛，尼爾不寒而慄。

「離遠點！以牠們的體型，動作沒辦法太敏捷！」

尼爾後退到石像的武器搆不到的地方。

「拉開距離後，用魔法攻擊！不對，不是那裡！繞到後面去！」

「小白就只會動嘴。幫一下忙啦，像剛才那樣用魔法。」

「你在說什麼。我雖然會給你力量，使用的人是你。」

「咦咦!?」

不久前把一群魔物「一舉殲滅」的，不就是白書嗎？

「冷靜點。借用你說的話，只要『像剛才那樣』戰鬥即可。」

「跟我講這個也沒用……」

剛才？他只是一如往常地揮劍罷了。瞄準敵人，拿好劍……

尼爾將注意力放在獨角石像上。發光的石礫直線飛過去。獨角石像大吼。魔法攻擊命中了。

他不明白其中的機制及原理，但他明白使用力量的是自己了。

「同時對付兩隻太累人。先集中打倒一隻！」

不用他說。他怎麼可能有辦法在進攻的同時，閃躲兩隻拿著那種超乎常理的武器的敵人。尼爾鎖定獨角的那隻，比兩根角的那隻近一些。理由就這麼簡單，這個判斷卻不壞。

魔法直接命中發出藍光的眼窩。獨角石像發出咆哮聲，即使是石像，眼睛似乎也是弱點。黑血噴出，聚集向白書。

「那是……魔物!?」

牠們揮動武器，用雙腳走路的時候，尼爾就知道那不是一般的石像，想不到竟然是魔物。

魔物的形狀不只一種。經常看見的是大小與人類小孩差不多的種類，不過尼爾在北方平原也遇過跟成人一樣高的。尼爾看見的是細長型，他之後聽人說，也有矮小肥胖的類型。但他從來沒聽說有外型跟石像一模一樣的魔物。

然而，傷口噴出紅黑色血液的模樣，確實是熟悉的魔物。

「似乎是跟黑色傢伙同種的東西。」

既然吸了血的白書這麼說，不會有錯。那是魔物。

「小心點！獨角的那隻變凶暴了！」

「好。」

受傷的野獸會做出意想不到的反擊，不一口氣解決掉會有危險。這是第一次跟其他人一起獵羊的時候，村裡的大人教他的。尼爾定睛凝視獨角石像的動作。受傷的野獸雖然會變凶暴，破綻也會變多……

「看招！」

他將注意力放在發出藍光的眼窩上。尼爾終於學會如何將白書賜予的魔法力量，化為自身的力量釋放出去。

獨角石像仰倒著飛出去。不能給牠機會站起來。

「就是現在，給牠最後一擊！」

以白書的聲音為信號，尼爾集中注意力。手中的劍蘊含魔力，看似膨脹起來。尼爾專注地想像將獨角石像一刀兩斷的自己，揮劍。魔法之力化為巨大的楔子，化為長槍，貫穿獨角石像的眼窩。比起發光的石礫，更有造成重創的感覺。

「這也是小白的力量嗎？」

「好像是。」

魔力長槍貫穿分不清是頭部還是腹部的巨大身軀，紅黑色血液噴濺。刺耳的咆哮聲過後，兩眼的藍光消失。橫倒在地上的獨角石像一動也不動。

「打倒牠了？」

「別大意！還有一隻！」

「我知道！」

兩角石像仰天大吼，雙眼的紅光劇烈閃爍。

「那該不會是在生氣？」

「恐怕。前提是那東西有感情。」

在氣同伴被殺？魔物嗎？怎麼可能。牠的攻擊變猛烈，只是想逆轉不利的戰況，而非生氣吧。

兩角石像在咆哮的同時吐出什麼東西。是火球。比成人的頭部更大的火球一顆顆射過來。

尼爾往旁邊閃躲，火球立刻追上。看來牠不是隨便亂射的。火球從太陽穴旁邊擦過，頭髮燒焦的臭味傳來。

「抓準牠攻擊時的破綻！」

白書講起來毫不費力，但找不找得到所謂的「破綻」還不好說。本以為火球攻擊停止了，這次牠換成揮動巨大的武器襲來。每當半月形刀刃陷進地板，碎石都會飛過來。除此之外，兩角石像的移動速度明顯提升，尼爾好幾次差點被繞到身後。

若尼爾躲開刀刃拉開距離，石像就改為用火球攻擊。兩者都是竭盡全力才閃得掉。

不對，確實有攻擊時的「破綻」。發射火球的期間，兩角石像會停止移動。看來牠沒靈活到有辦法邊跑邊發射火球……

尼爾假裝要遠離牠，引牠發射火球。兩角石像停在原地。他立刻用魔法攻擊。在兩角石像噴出火球前。他知道石像的弱點，是眼睛。一擊也好兩擊也好，只要設法射穿牠眼中的紅光，就有勝算。

發光的石礫射出，兩角石像杵在原地。尼爾等待白書的信號。

「現在！」

尼爾握緊劍，瞄準目標。白書的魔力流入，構成漆黑長槍的形狀，一根又一根。尼爾手一揮，所有的長槍便同時射出，貫穿兩角石像的眼窩、眉間、手臂、雙腳。

斷掉的巨大手臂飛了出去，血液噴出。兩角石像眼中的光熄滅。巨大身軀無力地倒下，再也不動了。

尼爾飛奔而出。擋在他和悠娜之間的魔法陣，這次真的消失了。

「悠娜！」

尼爾還沒伸出手，悠娜就睜開眼睛。
「哥……哥？」
太好了。他扶著悠娜起身，悠娜用細不可聞的聲音說：
「對不起。悠娜，又給哥哥添麻煩了……」
「我才要道歉。對不起。很可怕對不對？快點回家吧。」
正當尼爾牽起悠娜的手拉她站起來，腳底傳來低沉的聲響。比石像引發的地鳴更加低沉、遙遠。可是，過沒多久，他感覺到微弱的震動。
「情況不太妙。」
「畢竟這座神殿很老舊了。」
兩具巨大石像在最上層大鬧一番，衝擊傳遍整座神殿都不奇怪。灰塵及沙粒從天花板紛紛飄落。
「快走吧。」
尼爾背著悠娜站起來。
「抓好哥哥的背喔。然後把嘴巴閉上。咬到舌頭就糟了。」
他感覺到悠娜在背上點頭。悠娜應該是遵守約定，立刻閉上嘴巴了。小手緊抓著尼爾的衣服。
尼爾謹慎地奔跑，以免被滿是坑洞的地板絆倒。雙腿不時感覺到不規則的晃動，聽見類似地震的聲音。大概是哪裡崩塌了。尼爾頻頻加快腳步，卻害怕得不得了。

通過漫長的吊橋後，尼爾暫時將悠娜放到地上。就在這一刻，他聽見巨響。轉頭一看，剛剛才走過的入口消失了，被崩塌的外牆埋住。要是再晚一些，他們就會被埋在下面，光想就覺得可怕。

「幸好有趕上……」

發出聲音後，尼爾才意識到自己有多緊張。緊繃的肩膀和背部，伴隨顫抖的聲音放鬆，汗水一口氣噴出。尼爾終於實際感受到，他們逃過一劫了。

「哥哥。」

「怎麼了，悠娜？」

「悠娜……沒找到月之淚。明明想讓哥哥變成有錢人的。」

悠娜低下頭，語帶憂傷。

「對不起……」

想賺自己的藥費，想治好疾病，想要為此所需的錢……他自以為這是悠娜的願望。不對。悠娜想要的不是那麼自私的東西。她的願望不是自己變成有錢人，而是「想讓哥哥變成有錢人」。

尼爾默默抱緊悠娜。只要悠娜沒事，他什麼都不需要。不是有錢人也無所謂。

只要能和嬌小的妹妹一起活下去就夠了。

這時，尼爾瞪大眼睛。悠娜身上浮現黑色的紋路。

「這是什麼……」

他放開悠娜，仔細觀察悠娜的手臂。不祥的花紋附著在手腕到手臂之間，於其上蠕動。

『如果身上浮現類似黑色文字的東西，代表剩下的時間不多了……』

波波菈說過的話閃過腦海。

〔報告書 03〕

沒有值得一提的異狀……我很想這樣寫，無奈事與願違。尼爾找到白書了。不曉得是偶然還是必然，「石之神殿」的封印解除了。

由於隨口隱瞞事實也很不自然，如果尼爾問到，我打算告訴他「遠古之歌」的歌詞內容。

此外，波波菈好像打算在尼爾找她問什麼的時候，給他看記錄關於白書的資訊的古文書。若這樣可以滿足尼爾的好奇心，就再好不過了。假設他對此產生更加強烈的興趣，就引導他讓事態好轉。以上是波波菈的提議。

尼爾與白書的邂逅，想必會引發各種異常狀況。為了修正方向，不得不在一定程度內加以干涉。幸好白書失去了記憶，應該不會發現我們的意圖，也不會讓尼爾遇到危險。

另一方面，悠娜的病情惡化了。這樣下去，可以想像尼爾他們將因龐大的藥費，生活陷入困境。儘管不能說是最好的做法，我預計增加介紹給他的工作數量。大概都會是危險的工作，不過相對的，可以付給他豐碩的報酬。我們能為無父無母的兄妹倆做到的，就只有這些。因為我們必須公平對待每位村民。

陪悠娜玩雖然是逾越職權的私人行為，這麼做並非出於善意。可愛的小孩接近自己，就是會想陪她。連我們兩個外人都這樣，可以理解尼爾為何如此溺愛悠娜。

不過，能笑著吃下悠娜做的菜的忍耐力，我深感佩服。哥哥的愛似乎連生物的本能都能凌駕。以前我跟他一起吃過悠娜煮的午餐，再也不想吃了。簡單地說就是……難吃。明明是波波菈告訴她的食譜，到底怎麼煮才能變成那種味道？這樣下去可能會影響身體健康，因此我建議波波菈別再教悠娜做菜。不，沒那個必要。悠娜很快就會臥病在床……

一天也好，身為這份工作的負責人，我希望那對兄妹的生活能維持得久一點。近況報告到此結束。完畢。

（記錄者・迪瓦菈）

NieR:RepliCant
ver.1.22474487139...
《型態計畫回想錄》
File01

少年之章 3

1

尼爾不記得逃出石之神殿後，自己是怎麼回到家中的。他記得背上的悠娜感覺比平時還重。悠娜趴在尼爾背上又睡著了，或許是疲勞及身體不適所致。

抱她上床時，悠娜有稍微睜開眼睛，但只有一下子而已。頭部陷進枕頭中的時候，悠娜已經沉沉睡去。

「悠娜……」

白書低聲說道「現在讓她安靜休息吧」。尼爾默默點頭，走到室外。反手關門，就這樣靠在門上。若不這麼做，他可能站不住。

「為什麼……是悠娜？」

一旦開口，嘴巴就停不下來。

「她什麼壞事都沒做，為什麼是悠娜!?為什麼我們兄妹倆總是遇到這種事!?」

白書好像在說「如果有辦法救她，我也很想幫忙」，尼爾卻置若罔聞，他聽不進去。

「為什麼悠娜會……悠娜……她還那麼小。」

視線模糊。什麼都不想思考。什麼都不想做。做什麼都沒幹勁，尼爾低著頭，在原地呆站了一陣子。

不曉得過了多久。

「我聽見一首神祕的歌。」

白書的聲音，使他終於產生抬頭的動力。乘風傳來的歌聲相當熟悉，是迪瓦菈的歌聲。

他沒有想找迪瓦菈求助的意思。單純是被歌聲吸引。明明剛才還覺得連動都不想動，雙腿卻動了起來。迪瓦菈的歌聲和她彈奏的樂音，令人心曠神怡。

「嗨！你平安無事啊！」

尼爾不知不覺走到噴水池前面。

「我聽說你從東門出去了，很擔心你……」

迪瓦菈的視線移向尼爾旁邊。見她面露驚訝，尼爾急忙試圖說明。看到飄在空中的書，任誰都會嚇到。白書卻搶在他前面開口。

「我是偉大的『白書』，儘管尊敬我吧。」

「哦，『白書』原來會說話。我都不知道。」

「咦？妳知道小白？」

換成尼爾吃了一驚。

「我剛才唱的歌就有提到『白書』喔。」

「剛剛那首歌嗎？」

「對，那是從古至今在村裡流傳的『遠古之歌』。不過歌詞是用古老的語言寫的，我不清楚是什麼意思。」

他都不知道，原來迪瓦菈總是坐在噴水池前面唱的歌，有這樣的名字。

「那首歌有什麼含義嗎？」

「含義啊……」

迪瓦菈微微歪頭。尼爾進一步地詢問，迪瓦菈先聲明「我也不太清楚」，才接著說道：

「總有一天，『黑書』會降臨在這個世界上，散播疾病。然而，與之抗衡的『白書』會拯救世界……大概是這樣吧？」

散播疾病，黑書。與之抗衡的白書。黑、白……該不會。

「怎麼了嗎？」

「沒有，什麼事都……」

什麼事都沒有——尼爾話只講到一半。雖然毫無根據，是不是可以問問看她？沒錯，只是問問看而已。又沒抱期待……

「『白書』要怎麼拯救世界？」

「不知道。我唱這首歌的時候，沒有理解得那麼詳細。」

「這樣啊……」

尼爾立刻陷入消沉。他沒打算期待，可是內心的某處，還是忍不住抱持一絲希望。黑書散播的疾病，是不是指黑文病？是的話與之抗衡、拯救世界，是不是代表治好疾病？只要有白書在，是不是就能治好悠娜的黑文病？

然而，事情沒那麼簡單。而且白書聽了沒什麼反應，也令尼爾失望。

「別沮喪。對了，要不要去問博學多聞的波波菈？她或許會知道什麼。」

「說得也是。如果是波波菈小姐……」

波波菈是大量書籍的管理員。迪瓦菈不懂的事，波波菈搞不好會知道。而且白書失憶了。一定是因為這樣，他才對遠古之歌沒有反應……

「謝謝妳。」

尼爾隨口回應在旁邊問他「怎麼了？」的白書，跑向圖書館。

「悠娜妹妹的事我聽說了。真的不知道該說什麼才好……」

在被書籍環繞的房間中，波波菈跟平常一樣，放在桌上的雙手十指交疊，低下頭。有數名村民看見尼爾背著虛弱的悠娜趕回家。八成是在那之中的人告訴波波菈的。告訴她悠娜的四肢浮現了黑色紋路。而那是出於善意的行為，還是出於嫌惡或避忌才去告密，尼爾決定不去深究。有比那更重要的事。

「關於那個，我有件事想拜託妳。可以請妳告訴我迪瓦菈小姐唱的『遠古之歌』的情報嗎？」

波波菈的視線也跟迪瓦菈一樣，落在尼爾旁邊。

「那是……『白書』對吧？」

「妳知道小白啊。」

波波菈沒有回答，只是盯著白書，不久後輕聲說道：

「『遠古之歌』呀。我只有在很久以前，於古老的紀錄中看過。」

波波菈用手指按著太陽穴。看見這個動作，尼爾猜到她要說的是很久以前的事。她緩緩起身，將手伸向背後的書架，指尖慢慢左右搖晃，不久後停了下來。

「這本書記錄了古老的繪卷。」

是本看起來很厚重的書。破破爛爛的封面彷彿隨時會掉下來，沒人講解的話，八成看不出是什麼書。波波菈輕輕翻閱書頁，攤開來放在桌上。

「就是這個部分。」

是張奇怪的畫。上面畫著拿杖的野獸，以及有三隻眼睛，無法分辨是盾牌還是盤子的物體，完全無法判斷在畫什麼。只看得出人類和兩本書。

「『黑書』為世界帶來災厄時，『白書』會現身，憑藉『被封印的話語』制伏黑書，消去災厄……」

波波菈指著那張畫說。乍看之下不明白有何意義的畫，似乎有這樣的含義。

「封印？話語？」

「是『被封印的話語』。沒有留下正確的紀錄，所以我也不清楚，好像是……類似魔法的東西。」

聽見魔法，他覺得一切都連貫起來了。原來如此——尼爾叫道。

「怎麼了？」

自己的推測是正確的。

「『遠古之歌』的歌詞中提到『白書』會消去疾病對吧？然後『被封印的話語』……」

「是那個嗎！」

白書在旁邊大喊。

「打倒石像時，我吸收的東西。」

「沒錯，小白！」

第一次吸收魔物血液的時候，白書說「鮮血即是聲音，聲音即是語言，語言即是力量」。聽見「憑藉被封印的話語制伏黑書」，尼爾立刻想到那句話。他覺得「語言即是力量」，就是在指擁有制伏黑書的力量的「被封印的話語」。

「只要有小白，就治得好悠娜的病！」

「等一下。這是以前的傳說……」

「但『白書』就在這裡。能治病的傳說，一定也是真的。」

「不過——」

白書將長著一張臉的封面朝向波波菈……似乎是在看她。

「關鍵的『黑書』不曉得在哪裡。」

「紀錄上也沒記載這一點。而且，『被封印的話語』未必只有一個。」

尼爾以為他們打倒石之神殿的魔物，獲得了「被封印的話語」。打倒魔物後，變得能使用更加強大的魔力，因此他以為這樣肯定收集完了。看來沒那麼容易。

不，正因為沒那麼容易，他才覺得「制伏黑書，消去災厄」的傳說是真的。

「雖然有許多不明之處，魔物和『被封印的話語』似乎關係匪淺。」

白書這句話使他下定決心。

「那我看到魔物就把牠們殺掉！」

假如還有其他「被封印的話語」，收集起來就行。上百上千也無所謂。他要做的只有打倒魔物，輕而易舉。

「你想要以量取勝嗎？」

太魯莽了。白書語帶無奈。

「總比在這邊坐以待斃好。我要為悠娜採取行動。」

可是——波波菈開口。即使被阻止，唯有這次，尼爾不打算聽勸。或許是尼爾的決心傳達給她了，波波菈默默移開目光。

「……這樣呀，那就沒辦法了。」

她略顯悲傷地低下頭，闔上桌上的書，將其放回架上。

「聽說最近在一個叫做崖之村的地方出現了魔物。」

「崖之村？」

「北方平原不是有座修好的橋嗎？」

噢，尼爾想了起來。不久前他才因為魔物會影響橋的修復進度，接過一件剿滅魔物的委託。

「過了那座橋就是了。」

既然有魔物，搞不好也會有「被封印的話語」。

「可以去村長家看看，是崖之村最高的房子。」

「知道了。」

光芒照進，厚重的雲層透出一絲縫隙。

「不要太勉強自己。」

「波波菈小姐，妳放心。」

只要能治好悠娜的病，再危險都無所謂，再勉強的事情都願意做。只要是為了悠娜。

尼爾踏著跟剛才截然不同的輕盈步伐，衝下圖書館的樓梯。

2

隔天早上，尼爾提早起床幫什麼都沒吃，沉沉睡著的悠娜做早餐。他把早餐端到床邊餵她吃，悠娜卻只喝了一、兩口湯就再度閉上眼睛。

放著這樣的悠娜一個人在家，尼爾十分不安，不過正因為她處於這種狀態，他才想盡快治好她。跟以前不一樣，現在他知道該如何治病，而不是除了給她吃止痛藥以外別無他法。

尼爾將可以直接拿來吃的食物放在枕頭旁邊，靜靜下樓，避免吵醒悠娜。

現在的時間早到應該只有養雞夫婦醒著，可是尼爾一踏出家門，波波菈的歌聲就乘風傳來。

在噴水池前面彈奏樂器的迪瓦菈，自然地跟尼爾搭話。

「早安。悠娜的狀況如何？」

「比昨天好。但她好像還是沒食慾……」

「那真是令人擔憂。」

她並未停下彈樂器的手，微微蹙眉。

「我聽波波菈說了。你想收集所有的『被封印的話語』？」

「是的。」

聽見尼爾的回答，迪瓦菈停下手。

「你認真的嗎？很辛苦喔？」

她的語氣雖然輕浮，抬頭看著尼爾的眼神卻認真嚴肅。

「為了救悠娜，我什麼都願意做。」

迪瓦菈簡短回答「是嗎」，垂下視線。這副模樣跟昨天的波波菈相似得嚇人。不對，她們是雙胞胎，像也是正常的……

「今天波波菈說會去看看情況，用不著擔心悠娜。」

迪瓦菈是想通知尼爾這件事，才早起在這邊等。大概是波波菈告訴她尼爾要去崖之村的。

「謝謝妳，迪瓦菈小姐。」

「路上小心。」

波波菈只說了這句話，便又開始彈奏樂器，唱起歌來。尼爾再次低頭致謝，踩著被朝露沾溼的草地飛奔而出。

北方平原陽光燦爛。天空藍得刺眼，岩山的黑影落在草地上。綿羊旁若無人地吃著草，想必是因為完全沒有魔物的氣息。

拜其所賜，路途比想像中還順暢。途中，有小隻的魔物躲在剛修好的橋旁邊，但不至於礙事。尼爾沒有靠近，而是用白書的魔法收拾掉，因此不必停下來戰鬥。

「只要有小白在，就能拯救世界，拯救悠娜！」

這個事實使他腳步輕快，鼓勵他前進。白書咕噥道「究竟那是不是真的呢？」尼爾置若罔聞。他親眼看到白書吸了魔物的血，取回魔法的力量，再說，會講話的書本身就近乎於奇蹟。

在石之神殿中，尼爾滿腦子只想著救悠娜，所以連感到疑惑及不對勁的時間都沒有，接受了白書的存在，若是在極其平凡的情況下看見他，肯定會懷疑自己的眼睛有問題。白書就是如此異常的存在，因此可以相信他真的能拯救世界。

「小白不只是一本囉嗦的書呢。」

「沒禮貌。勸你以後最好對我尊敬點。」

「是。」

尼爾專注地在吹著清爽微風的平原上奔跑，被連綿不絕的岩山擋住去路。根據地圖，崖之村就在前面。遠看看不出來，可是走近一看，岩壁上有一個洞。那個洞疑似是隧道，兩根細長的金屬像在帶路似地通往深處，前方看得見出口的光。

「在這前面……嗎？」
「怎麼了？」
「前面的路沒有陽光，可能會有魔物出沒。」
四處都有插著火把，稱不上一片黑暗，但陽光照不進去。是正適合魔物棲息的地方。隨便踏進去有危險。白書卻笑著說「就這點小事」。
「用我的魔法攻擊不就得了？然後再繼續前進，就安全了吧。」
「啊！還有這招！」
尼爾忍不住大叫，聲音傳遍洞穴。白書不悅地叫尼爾不要太大聲。
「小白真聰明！」
「就說了，你以為我是誰……」
尼爾沒把他的話聽完，將魔法彈射向黑暗之中。帶紅光的子彈消失不見，彷彿被吸入黑暗。為求保險起見，他又發射了一次子彈，沒射中東西。代表沒有魔物。
走進其中，裡面不只昏暗，路還很難走。通往深處的兩根細長金屬中間，鋪了一長條剛好跟尼爾的肩膀一樣寬的木板。金屬及木板底下，等間隔放著同樣形狀的石板。把這種東西排成這種形狀究竟有何意義？尼爾一頭霧水，在暗處只會妨礙行動。
等他好不容易習慣令人煩躁至極的路面時，道路中斷了。前方是小小的山谷，直達天際的岩壁圍著一小塊平地。各處的雜草開出了花。應該是因為現在雖然位在背光處，一天之中多少會有照到陽光的時間。

一棟看似小屋的東西，孤零零地靠著岩壁。沒有其他同樣的小屋，也沒有類似住家的建築物。看來這裡不是崖之村。

除此之外，仔細觀察小屋，會發現以為是屋頂的地方，其實只是用立在地上的支柱撐開一塊布做成的。當然沒有門和窗戶，內部一覽無遺。

「裡面有住人嗎？午安！午安！」

他站在道路的間隙呼喚，沒有回應。陰影處也沒有人。

「看來沒人在。」

「對啊。走吧。」

有人住在這裡嗎？如果有，能若無其事地在不曉得能不能稱之為小屋的簡陋居所生活的，會是什麼樣的人？尼爾非常感興趣，不過現在得先去村長家再說。他將自己的好奇心暫時擱置，繼續前進。

從黑暗中看見的光很亮，實際走出隧道時卻不這麼覺得。只不過，強風撲面而來，尼爾不得不擺出跟眼睛被豔陽刺到時同樣的動作。

走出隧道前進幾步，前方是陡峭得嚇人的懸崖。漫長的吊橋從那裡延伸出去。

完全沒有稱得上平地的平坦地面，是一座幽深的峽谷。風聲及風向雞轉動的喀啦喀啦聲，聽起來格外尖銳。

「這個村子在好奇怪的地方喔。」

崖之村之名並非誇飾，而是將實際情況拿來為村子命名。兩邊的懸崖中間隔著深谷，上頭黏著好幾個形似黑色桶子的物體。是水塔。那就是住所吧。

由於屋頂部分是圓形的，遠遠看過去，比起房子更像蛋。黏在峭壁上的某種生物的蛋。思及此，尼爾想起樹皮上的蟲卵，起了滿身的雞皮疙瘩。

此外，懸崖上還有梯子及疑似道路的構造，似乎是想讓上下左右的居民能夠往返。外觀跟在石之神殿看見的露天走道很像，那些八成也是木板做的。

其他特徵是設置於各處，大小各異的風向雞，以及橋下掛著大量的布。能夠一眼看出風勢及風向的東西，對於這個地方的居民不可或缺。

「波波菈小姐說，村長家在最高的地方對不對？」

不只位於最高處，顏色也跟其他房子不一樣，所以很快就認得出來。

「是那個……吧。」

「沒錯。但還真不知道要怎麼走。」

那個水塔位於村子的出入口，尼爾他們現在的位置在右邊的懸崖中腹，可是沒有路通往那裡。看來必須繞一大段路，先走過眼前這座吊橋來到對面的懸崖，再經由從那裡延伸出的另一座橋，回到這邊的懸崖。

「只能去看看了。」

尼爾做好覺悟，走過吊橋。看得出從山谷吹上來的強風把橋梁吹得不停搖晃。再加上不知道有多深的幽深山谷。萬一不小心掉下去，絕對活不了。

走到吊橋中央時，尼爾背上全是冷汗。

「幸好有寬敞的地方。」

吊橋中央附近是圓形的廣場。跟走一步晃一下的橋梁不同，這裡完全不會搖晃。

「村民肯定也會在這裡休息，畢竟這座橋這麼長。」

「確實是因為橋的長度才有這塊區域，不過應該不是用來休息的。」

「是嗎？」

「太長的橋不穩定，也難以維持強度。所以他們才從吊橋中央往谷底嵌入橋墩，藉此撐住整座橋。」

「這樣啊。那這裡變得跟廣場一樣，也是為了維持那個叫……強度？的東西嗎？」

「不對，是要在這邊等從對面走來的人過橋，避免兩個人同時在上面。在吊橋中間擦身而過，同樣容易害橋搖晃。除了這個原因，大概也是想讓小孩子或老年人休息。」

「什麼嘛，果然是為了休息。」

「主要目的並不是那個。」

或許是因為他們邊走邊聊天，回過神時，尼爾已經從中央的廣場走到對面的懸崖。

「送信的時候感覺會很累。」

看到出口旁邊的郵筒時，尼爾完全沒有這種想法，然而通過漫長的吊橋後，可以想像郵差有多辛苦。

而且木板路狹窄得嚇人。石之神殿的外接走道好像更寬敞一些。沒有扶手也沒有柵欄，不時還會從旁吹來強風，大概是風吹到懸崖上，導致風向改變了。尼爾慎重前進。在這個地方，一不小心跌倒就足以致命……

「比想像中還小。」

本以為只是因為隔著一段距離才覺得小，走近一看，那個水塔確實很小。用來進出的門很小，窗子也很小。明明是白天，鐵窗卻關得緊緊的，讓人以為裡面有病人，可是其他房子的鐵窗也全是關上的。

「家裡這麼暗沒問題嗎？」

「應該是用來避免來自谷底的強風吹進家裡。採用這種形狀的房子，原因恐怕也在於此。」

「小白是萬事通耶。」

「你把我當什麼？但這些人為何刻意選擇定居於這種地方，連我都無法理解。」

尼爾爬下梯子，繼續前進，經由前方的梯子回到上層，看見第二座吊橋。終於可以走到村長家所在的那一側了。

「與其繞這麼遠的路，從村子的入口接一條路過來不就得了？」

「哎，別這麼說……」

白書的聲音戛然而止。

「魔物!?」

吊橋上面有不斷搖晃的黑影。連白天的時候，山峰都會在這塊區域投射出長長的影子，對魔物來說想必是便於活動的場所。再加上這座橋到處堆著木箱，正好適合魔物躲藏。

可是，尼爾有白書的魔法能用。魔物在狹窄的橋上，所以瞄準起來也很容易。馬上就能搞定。尼爾如此心想，拔出劍，急忙收回踏出一半的腳。

「什麼!?那是!?」

好幾顆圓形球體飛過來，偏紅的顏色跟白書的魔法很像。

「是魔法，蠢貨！」

失。

尼爾跳到旁邊的木箱後面。整整齊齊排成一列飛來的球體撞上木箱，彈開來消

「威力不怎麼樣，可是數量這麼多頗為棘手。」

「被打中感覺會很痛。」

「看準敵人的破綻，一擊打倒牠。」

「一擊」指的是那把長槍。巨大的黑色魔法長槍。跟魔法子彈的攻擊不同，不能立刻擊發，也無法連續攻擊，因此要瞄準好目標……尼爾在腦中制定計畫，然後才發動攻擊。

上次對上會用魔法的敵人，是石之神殿的石像，不過打倒牠們後會發現挺輕鬆的。強度遠遠不及那兩具石像。與北方平原的魔物差不多。然而——

「村裡竟然有魔物……」

「外人眼中小得住不下人的房子，或許也是用來抵禦魔物攻擊的手段。」

在來到這裡的過程中，尼爾沒看見半個村民。連每個人都會經過的橋上都有魔物，崖之村的居民通通閉門不出，說不定也是無可奈何。這也是保護自己的手段之一吧。

不過，他沒料到這個保身方式會害自己無法達成來訪的目的。好不容易來到村長家，等待他的卻是拒絕的話語。

「回去！外人給我回去！」

從緊閉的門扉後面傳來的，是疑似村長的男性的怒吼聲。

「拜託你聽我說——」

「回去！」

「不是，我們是——」

「別講那麼多，回去！離開這座村子！」

尼爾碰了一鼻子灰。白書不悅地碎碎念道「根本無法溝通」。既然村長拒絕交談，不如去找其他村民……這個做法可不適用於崖之村。「隨便找一個路人問」這種再平凡不過的手段行不通。因為沒有「路人」。

儘管麻煩，尼爾決定挨家挨戶地拜訪，可惜同樣以失敗作結。

「不好意思。請問有人在這一帶聽說過『被封印的話語』的傳聞嗎？」

他語氣平靜，第一棟房子卻無人回應。第二棟房子傳來微弱的女性聲音。

「我不相信任何人……」

就這麼一句話。無論他如何敲門如何呼喊，都沒有任何回應。下一棟房子、再下一棟房子，也是類似的情況。

「離開這座村子。」

「聽我說說也好！」

「回去！」

「求求你！」

「你也跟凱寧一樣。」

「咦？」

「殺了凱寧！」

「那個……凱寧是誰？」

是誰啊？是村民嗎？還是外人？尼爾再三詢問，對方卻沒有回答。

不僅如此，魔物又出現了。這次是不會用魔法的弱小魔物，尼爾卻感到更加疲憊，或許是因為剛跟村民交談過。如果是棘手的強大魔物，反而不會這麼累才對。因為強大的魔物很可能擁有「被封印的話語」。

從村長家走過兩座吊橋，回到郵筒的路途中，尼爾再三遭受魔物的襲擊，卻全部輕鬆擺平了。

「看來這裡只有小嘍囉。」

意即沒有擁有「被封印的話語」的魔物。尼爾回答「對啊」，聲音微弱到他覺得自己很沒出息。

「回去找波波菈小姐，收集情報吧。」

他故意提高音量回答，走回昏暗的隧道。當然沒忘記先用魔法射擊，確認有無魔物潛伏。村裡都出現魔物了，照理說連接村子與外界的隧道，不可能沒有魔物出沒。

幸好回程跟去程一樣，沒有魔物的氣息。

「好陰沉的村子。」

「不歡迎我們也沒關係，至少聽我說一下嘛。」

天還沒暗就把鐵窗關上的居民，內心的鐵窗或許也關上了。

「欸，小白，那棟小屋的主人，會不會已經回來了？」

他正好來到道路的中斷處。儘管稱不上小屋，至少不是水塔，也沒有附鐵板的窗戶。說起來，它連門窗都沒有。可是對方既然拿水塔之外的東西當成住處，或許會願意跟他對話。

剛才只是在遠處觀察情況，這次尼爾試著走到旁邊。他本來在想沒有門窗的話，下雨天怎麼辦？走近一看，橫向架在天花板的原木上，綁著一塊厚布。天氣惡劣時，好像會把這塊布放下來遮風擋雨。

「那是什麼？」

那裡有一朵白花。是朵令人著迷的花，尼爾甚至忘記這裡好歹是別人家，不該擅自闖入。白花明明要多少有多少，這朵花的白色卻是特別的。有別於雲朵的白和珍珠的白，既溫暖，又透明。

「好美的花。」

「這是傳說中的花，會被它吸引很正常。」

擁有跟月光一樣的白色的傳說之花。月之淚。

「那這就是……」

悠娜想收集的月之淚。就在尼爾像被吸引似的，把手伸過去的那一刻。

「別碰那朵花！」

尖銳的聲音傳入耳中。尼爾收回手轉過身，是一名身材高大的女性。比起那怒氣沖沖的表情，她的服裝更令尼爾驚慌失措。

「那個女人只有穿內衣。」

他因為不知道眼睛要往哪裡擺的關係，別過頭，白書喝斥道：

「蠢貨！有其他更該注意的地方吧！」

經他這麼一說，尼爾將視線移回女性身上，她緊緊握拳的左手散發黑霧。仔細一看，左腳也一樣被霧覆蓋住。女子深吸一口氣。如同在威嚇。

「那個人……是魔物？」

身體下意識後退。魔物特有的黑霧，將她一半的身體都覆蓋住了。然而，除此以外的部分怎麼看都是人類。石之神殿中，石像是魔物，因此這座崖之村出現有人類外表的魔物也不奇怪。即使如此，尼爾還是猶豫該不該攻擊。

「先下手為強！」

尼爾在白晝的催促下發動魔法。沒錯。必須打倒魔物。

「果然演變成這種情況了嗎……」

「魔物」皺著眉頭說道，拔出劍。兩手各拿一把的雙劍以驚人的氣勢揮下。

「別停止攻擊！」

尼爾聽見劍劃破空氣的聲音。他側身躲開，拉開距離，邊閃邊使用魔法。

「別小看這傢伙的攻擊力！」

拔出陷進地面的劍，繼續發動攻擊的動作，讓他想到石之神殿的石像。雖說動作比那兩具石像還快，兩者之間確實有幾分相似。既然如此，代表她在發動下一次攻擊時會露出破綻……

尼爾故意引誘她攻擊，閃掉她的劍後立刻射出魔法。攻擊力強大的劍雖然有一定的重量，動作也會因此變遲緩。防禦的速度無論如何都會慢半拍。

如他所料，魔法彈直接命中。「魔物」的身體向後飛出去，仰躺著倒地。

「成功了嗎？」

然而，她並未噴出魔物特有的黑血，也沒有化為塵埃消失。看來離致命傷還差得遠，「魔物」氣喘吁吁地站起來。左手做出奇妙的動作。

「那傢伙也會用魔法嗎？」

那個奇妙的動作，似乎是在畫魔法陣。魔法特有的紅光籠罩在「魔物」周身。散發強大的魔力，與橋上的魔物截然不同。

「魔物」的魔法和那股魔力同樣強大。跟打中木箱會彈開來的球體無法相提並論。要是擊中要害，恐怕會沒命。尼爾驚險地閃過攻擊，在那瞬間心想。

而且，「魔物」的攻擊不只魔法。由魔力構成的白色牆壁，將尼爾射出的魔法通通彈了回去。跟拿雙劍的時候不同，在她攻擊時趁隙使用魔法的戰術不管用了。

只剩下逃跑這條路可以走。不過，「魔物」連這個機會都不肯給他。尼爾後悔應該要在開戰前就逃掉，無奈為時已晚。到此為止了嗎——在他心生膽怯，放棄掙扎時——

眼前的「魔物」突然停止動作。本以為是逃跑的好機會，結果只是退路被徹底封住了。尼爾望向「魔物」注視的地方，以為自己被逼到了懸崖邊。另一隻魔物出現。從懸崖上爬下來的，正是目前他看過最大的魔物。

於懸崖爬行的模樣，和蜥蜴相似。不可能有跟村裡的圖書館一樣大的蜥蜴就是了。除此之外，牠的尾巴跟甲殼類一樣分成好幾節，末端還長著自由活動的手指，正常的生物不可能有這樣的尾巴。

當牠使用那隻尾巴及三隻腳移動時，魔物黑色的體表會像附著了一層油膜般，閃爍油亮的光芒。

使用強力魔法的「魔物」，以及巨大魔物。雙方同時進攻的話，怎麼掙扎都不可能有勝算。我會死在這裡——尼爾邊想邊望向「魔物」，感到困惑。「魔物」在瞪魔物。用燃燒著憎惡及憤怒的眼神。

不是錯覺，也不是看錯。下一刻，「魔物」舉起雙劍砍向魔物，魔物也抬起長鉤爪的前腳砸向「魔物」。

「看來牠們沒把我們放在眼裡。」

為什麼？「魔物」一面破口大罵，一面不停射出魔法，毫不留情。剛才牠跟尼爾戰鬥時，似乎收斂了不少。若牠對尼爾使出同樣的攻擊，他不可能還有辦法站在這裡。

「總之先打倒比較大的魔物吧。」

他沒有想太多，純粹是不想趁兩隻魔物戰鬥時逃走。

「這傢伙跟之前遇過的魔物不一樣！注意點！」

尼爾微微點頭，將魔力集中在巨大魔物的頭部。射出令橋上的魔物一擊斃命的長槍。當然，他不認為這次能一擊殺敵，不僅殺不了敵人，還招致最壞的結果。巨大魔物的視線落在尼爾身上。

長著鉤爪的手逼近，沒時間逃跑。尼爾以為自己會就這樣被壓死。但是並沒有，身體突然浮起。意識到自己被從旁踢飛時，他已經倒在地上。鉤爪陷進旁邊的地面。尼爾發現那是自己剛才站的位置，不寒而慄。

不知道原因為何，「魔物」似乎救了他。儘管是用粗暴的手段。

「謝、謝謝……」

「滾開！」

「魔物」不耐煩地罵道，重新拿好雙劍。魔物朝牠揮下前腳。因為多了救尼爾這個多餘的行動，「魔物」的反應慢了一些。光看就知道是強大的一擊。

直接吃下這一擊的「魔物」倒向後方。但牠維持那個姿勢強行使用魔法。是那個尼爾覺得擊中要害恐怕會沒命的強力攻擊魔法。

巨大魔物的左眼被魔法貫穿。不曉得是巧合，抑或執念使然，「魔物」強行射出的魔法並非徒勞無功。巨大魔物發出詭異的咆哮聲，抖動身體。不是致命傷。巨大魔物爬上懸崖，動作快得跟龐大的身軀形成反差。

「站……住……」

「魔物」站不起來，表情因痛苦而扭曲。牠像要追上去似地伸出手，接著無力地垂下。

「看！紋路消失了。」

覆蓋「魔物」左半身的黑霧逐漸消失的模樣，宛如退潮。

四周回歸靜寂。巨大魔物消失在懸崖的另一邊。「魔物」身上的黑色紋路也消失了。

「這個人是人類吧？」

少了黑色紋路，也沒在揮動雙劍，倒在眼前的這個人，怎麼看都是一般的人類。

「一半是。她好像是所謂的『被魔物附身的人』。」

白書說，那是身為人類，體內卻寄宿著魔物的人。意即是人類。即使魔物附在她身上。

「我不該那樣對人家的。」

尼爾以為這人肯定是魔物，攻擊了她。對她發射應該絕對不會用來攻擊人類的魔法彈。

『果然演變成這種情況了嗎……』

那苦澀的語氣。正因為她之前也一直被當成魔物，遭受攻擊，才會講出這種話。

「總之，得幫助這個人。」

她救了把她當成魔物的尼爾。尼爾將她抬進那棟小屋，為她包紮傷口。等這個人醒來，正式跟她道謝吧，然後再跟她道歉……

那人的眼皮微微顫動，黑色睫毛用力搖晃。

「啊，妳醒了！」

她困惑地望向尼爾，望向白書。看似想起身，卻只有頭部抬高了一些。蒼白的嘴脣傳出壓低的聲音。

「你們……」

「剛才對不起！我以為妳是魔物……」

她沒讓尼爾把道歉的話語說完。

「我有一半真的是魔物，快給我滾。」

「我們幫忙照顧妳，也道歉了。至少報上名字吧。」

白書語帶責備，尼爾連忙制止他。

「沒關係啦。她剛經歷一場激烈的戰鬥，一定很累吧。」

其實不是累，而是不想看見他們的臉也說不定。他們的所作所為，就是過分到人家這樣想也無可奈何。

「走吧，小白。」

就在他催促白書，準備離開小屋時。

「凱寧。」

他反射性停下腳步。

「我的名字。」

「那個名字……在村裡聽過。」

尼爾想到跟白書一樣的事。「殺了凱寧」那句話。

「滿意了吧。跟我扯上關係不會有好事，快回去。還有——」

她接下來說的話，帶有一絲彷彿要拒人於千里之外的冰冷溫度。

「那傢伙是我的獵物，絕對不准對牠出手。」

離開凱寧的小屋後，尼爾直接回到村子。雖然擔心悠娜，回家前他先去了圖書館一趟，必須跟波波菈報告在崖之村發生的事。

「這樣啊。崖之村出現了那麼巨大的魔物。」

他簡單敘述了在崖之村被村長趕回去，遭遇巨大魔物，最後成功逃離的經歷。沒有提到凱寧。畢竟這件事與正題無關，而且不知為何，他沒有那個心情。

「對啊。以我現在的實力，趕走牠就是極限了。」

凱寧叫他絕對不准對那隻魔物出手，尼爾卻無法置之不理。那隻巨大魔物的左眼被凱寧貫穿的瞬間，白書說他取得了「被封印的話語」。不僅如此。白書還從巨大魔物身上，感覺到其他「被封印的話語」的氣息。

「有沒有讓武器變得更強的方法？」

無論如何都要打倒那隻魔物。取得「被封印的話語」後，白書會用的魔法增加了。召喚巨大的黑色手臂，擊潰身周的敵人的強大魔法。可是，這樣還不夠。想打倒那隻怪物般的魔物，需要下更多工夫。

「這樣的話——」

波波菈抬起頭。

「聽說能在廢鐵山收集到的金屬，可以用來強化武器。入口處的商店應該會幫忙。」

對了，北方平原的地圖上，確實有名為「廢鐵山」的場所。

「好。我去看看。」

根據地圖所示，比崖之村還近。尼爾決定明天就動身。

3

本來打算明天就去廢鐵山，實際上卻得再等一天。他必須賺取強化武器所需的費用。

幸好有工作可以做。尼爾在北方平原花了半天左右的時間獵綿羊，拿羊肉換錢。獨自狩獵會逃跑的綿羊固然辛苦，現在有白書在。只要在遠方發射魔法，不必東奔西跑就能殺死綿羊。
廢鐵山離村子雖然比崖之村更近，尼爾依舊早上就出發了。因為悠娜的病情始終沒好轉。早晚都在打瞌睡，也沒有食慾。他於心不忍，想要快點治好悠娜，根本沒有那個閒時間躺在床上睡覺。
他穿過北方平原，雙腿被冰冷的朝露沾溼，看著地圖爬上東北方的鐵橋。通過鐵橋後，前方就是廢鐵山的入口。白書納悶地左顧右盼。
「這裡……到底是？」
「聽說這邊埋有以前的遺跡。」
入口是用鐵絲網做成的門，對面看得見嚴重傾斜的梯子和不曉得該從哪裡爬上去的瞭望臺。即使不是白書，也會讓人想問這裡到底是什麼地方。
令人驚訝的是，兩根纖細的金屬和保持一定間隔排列於其下的石板，從鐵橋上通往鐵絲網的另一側。
不過，跟崖之村的共通點也只有這一個，沒有風向雞也沒有水塔。金屬製的粗管從地面冒出，鐵箱倒在地上，其中一個管子不停冒出白煙，是個奇怪的地方。
「這種地方會有店家嗎？」
眼睛和鼻子的深處一直在痛。是那個有怪味的白煙害的。燒什麼東西才會有這種臭味？道具店老闆笑著跟他說過，燒天然橡膠會發出強烈的惡臭，就是這股惡臭嗎？

「雖然想找人問問看，這裡沒有半個人耶。」

這是這裡跟崖之村的另一個共通點。尼爾邊走邊思考該如何是好，聽見小孩子的聲音，在鬧脾氣叫肚子餓的聲音。

「太好了，好像有人在。小白，我們去看看吧。」

尼爾跑向聲音傳來的地方。他一面奔跑，一面瞥向好幾根從地面長出的生鏽管子，前方又有一扇鐵絲網門。小孩的聲音從門後傳出。呼喚哥哥的，是尚且年幼的男孩的聲音。

尼爾說著「你好」，打開店門。

「歡迎光臨。」

聲音的主人是看起來跟尼爾差不多大的少年，旁邊那位，想必就是在叫餓的弟弟。

「這裡是商店嗎？」

歡迎光臨是店長對客人說的問候語。

「是的。不過現在沒有東西能賣。」

「現在？」

「我們平常會去後面的廢鐵山挖金屬，加工後賣給客人。」

波波菈說的會幫忙強化武器的店，就是這裡。尼爾想像的是村裡的武器店和道具店，所以他沒想到連看板都沒有的鐵絲網門後面會是一家店。

「廢鐵山以前好像是軍事基地，有許多好材料。是有點危險沒錯，但我們也沒有其他選擇。」

「就只靠你們兩個人？」

「爸爸在弟弟小時候去世了。」

尼爾心想，跟我家一樣。悠娜出生後沒多久，父親就在遙遠的城市去世了……

「媽媽……是出去補貨。」

「補貨是指你剛才說的挖金屬嗎？」

一隻小手忽然從旁伸出，扳起手指計算。

「七天。媽媽這麼久沒回來了。」

「一個禮拜!?」

弟弟的年紀應該跟悠娜差不多。這麼小的孩子，不可能習慣得了跟母親分開一個禮拜。

「最近似乎得到比較深的區域，才採集得到材料……」

原來如此，他明白哥哥說「現在沒有東西能賣」的理由了。旁邊的弟弟又在叫餓。這副模樣令他想起悠娜。不對，悠娜更聽話。

「只要有材料，就能加工武器了對不對？」
「嗯，不過，山裡很危險……」
「那我去拿材料。」
「咦？」
看見哥哥驚訝地瞪大眼睛，尼爾再度感受到，他有波波菈和迪瓦菈幫助他，有親切的村民，這名少年卻無依無靠。

離開兄弟的店，走沒多久就到了廢鐵山。地面跟兄弟的店一樣，冒出金屬的管子，不過這裡除了管子，還有金屬板及柱子。
往裡面前進，疑似是建築物的內部。剛才哥哥說這裡原本是軍事基地，尼爾不太能理解，簡而言之就是巨大的建築物吧。
沒有看起來像窗戶的東西，內部卻很亮。抬頭仰望天花板，沒有火把也沒有蠟燭，而是圓形的燈設置於其上。借用白書所言，這裡似乎是「舊世界的機器一直守護的廢墟」。
「真是，我竟然會來到鐵鏽味這麼重的地方。」
「小白動不動就會碎碎念。」
尼爾嘴上這麼說，其實他也不是不能體會白書的心情。不只鐵鏽味，有股不知道在燒什麼東西的煙味。還有舊油的味道，或許是因為這樣，地板溼溼滑滑地很難走。

裡面沒有魔物，取而代之的是形似箱子的四角形機器會攻擊他們。本以為機器這種東西不會移動，廢鐵山的機器移動速度卻相當快。

尼爾用跟獵羊一樣的方式使用魔法，順利擊倒敵人，可是這裡的機器跟羊不同，被打倒後會爆炸，十分棘手。

「好累喔。」

「這不是小孩該做的工作。」

即使是大人，對力氣小的女性來說會不會太困難了？搞不好兩兄弟的母親是名力氣大的女子，能夠拿著武器跟機器戰鬥。還是她躲在遮蔽物後面，邊逃邊伺機採集金屬？不管怎樣，這個工作極度危險。而他們的母親長達一星期沒回家……

尼爾不想繼續思考，埋頭破壞機器。

4

尼爾取得太過足夠的材料，回到店裡，迎接他們的是弟弟的哭喊聲。聽見呼喚媽媽的聲音，尼爾心頭一緊。那是他在母親過世後，不時會像病發一樣想要吶喊的話語。同時也是他絕對不會說出口，只能吞回腹中的話語。

「啊，你回來了。」

哥哥面帶笑容，反而令人看了心痛。

「我帶材料來囉。」

「謝謝你。我馬上強化武器。」

哥哥從尼爾手中接過武器及材料，然後就進店裡去了。弟弟則黏著他跟在後面。

弟弟的哭聲，參雜在磨金屬的聲音和敲打聲之間。過沒多久，還聽見哥哥在安慰弟弟的聲音。他沒打算偷聽，卻不小心聽見了。弟弟在吵著要找媽媽。

「久等了。這次破例不收你費用。」

哥哥笑著說「這樣我們也可以開店了」，弟弟在旁邊啜泣。

「那個……」

「噢，不好意思。我弟吵到你們了。」

哥哥把手放在抽抽搭搭地哭著的弟弟頭上，安撫他「再等媽媽一下吧。好不好？」尼爾看了終於忍耐不住。

「小白……」

「別說！我明白。去找這對兄弟的母親就行了吧？」

哥哥十分過意不去，弟弟則天真地笑著說：「快點找到媽媽喔。」

尼爾拿到通往地底的升降機的啟動通行碼，再度回到廢鐵山。雖然他並不是因為預料到會發生這種事，幸好有提早出門。就算去找那對兄弟的母親，也不會太晚回家。

「你為何對那對兄弟那麼好？」

「因為我們兄妹倆也知道，媽媽不在的寂寞。」

不只寂寞，身為哥哥的不安，以及必須守護比自己弱小年幼的人的沉重壓力，他也切身體會到了。

可是，自己身邊有對他關愛有加的迪瓦菈、波波菈姊妹在。還有親切的村民。但這座廢鐵山裡沒有村莊。即使店裡有客人來，他們跟每天都會互相打招呼的鄰居不同。沒人會對那位哥哥伸出援手。一想到他有多麼孤獨，尼爾就覺得至少想幫他找到母親。

而且，他跟那位哥哥不一樣，擁有能進入廢鐵山深處的力量。搭乘升降機抵達下一層樓後，機器的攻擊變得更加激烈。光靠一把劍難以負荷，多虧有白書的魔法可以用，才能抵擋機器的攻擊。思及此，尼爾猛然驚覺。

光靠一把劍難以負荷？多虧有白書的魔法可以用？那那對兄弟的母親，是如何來到廢鐵山地下的？

「你真的相信嗎？那對兄弟的母親真的有辦法來到這種地方？」

白書很敏銳，彷彿看穿了他剛才在想的事。

「超過一個禮拜都在獨自尋找材料，這種事你相信嗎？我想他們的母親肯定已經……」

「還活著！」

尼爾不想讓他說下去。一旦說出口，或許會成為現實。他害怕。那兩個人需要母親。比起年幼的弟弟，哥哥更加需要。

「不相信的話，連奇蹟都不會發生。」

廢鐵山的內部只聞得到油味、煤味、鐵鏽味。沒有湧泉，也沒有能休息的樹蔭。在那樣的地方徘徊一星期……真的有可能嗎？尼爾將頻頻浮現腦海的疑惑驅散。告訴自己她還活著，她還活著。

「奇蹟啊。」

白書只說了這麼一句話，便陷入沉默。

廢鐵山地下一樓，構造複雜得就算有地圖也可能迷路。幸好兩兄弟的母親行動範圍只到地下一樓。大概是在避免靠近更深的樓層，可見那裡有多危險。哥哥告訴尼爾的升降機，也只能停留在地下一樓。

尼爾搭乘礦車，破壞柵欄前進，儘管比想像中還花時間，他總算把地下一樓幾乎走遍了，只剩最深處的圓形房間。地圖上用快要看不見的草書寫著「試驗場」。根據地圖所示，是目前最大的房間。到底是用來做什麼的？

那個房間前面，不知為何設置了熟悉的郵筒。

「以前有很多人在這裡嗎？」

尼爾想起哥哥說過，這個地方以前是軍事基地。尼爾在走到這裡的期間，並未看到其他人。使用這個郵筒的人到哪去了？

波波菈告訴他，從北方平原通往廢鐵山的鐵橋，以前是用來給載著許多人的「鐵箱」通過。尼爾詢問那些人在哪裡，波波菈回答「不知道」。「應該沒人記得了吧」。用過這個郵筒的人類的消息，八成也沒人記得了。

開門聲令尼爾回過神來。抬頭一看，「試驗場」跟地圖上——不，是比地圖上畫的更加寬敞。天花板高得必須把頭抬高到會痛的地步才看得見。

正中央是圓形廣場，一座小橋從入口處通往那裡。過橋的腳步聲傳遍寬敞的房間，地板的材質跟之前的道路都不一樣。

「快往裡面走吧。」

根據地圖所示，這個「試驗場」對面有座升降機，廢鐵山地下一樓的盡頭就在那裡。也就是說，母親的探索任務也只到那裡為止。

不曉得是因為終點將近，還是房間太大，尼爾覺得非常心神不寧，想盡快穿越圓形廣場。

「那、那是什麼？」

理應寂靜無聲的房間，響起刺耳的聲音。像撕紙聲的聲音，以及像說話聲的聲音。說話聲類似人類的聲音，卻毫無起伏，僅僅是毫無意義的聲音的排列。

「情況非常不妙啊。」

紅光閃爍。像說話聲的聲音仍在持續。

「啊！橋！」

前一刻才走過的橋跟廣場分離開來，消失不見。想回頭也無法折返。雖然他也不會想回頭，當初的目的地是前方的升降機搭乘處。既然有路通往那裡，就不成問題。

然而，有敵人阻擋在通往升降機搭乘處的門前。狀似巨大金屬塊，看來那東西也是機器。跟之前阻擋他們前進的機器一樣，會自己行動，發動攻擊。

「看起來有點棘手。」

「同時也是辛苦會得到回報的敵人喔。」

「什麼意思？」

「我在那傢伙身上，感覺到『被封印的話語』的氣息。」
「原來擁有『被封印的話語』的不只魔物。」
總而言之，這樣逃走的選項就徹底消失了。打倒那個巨大機器，取得「被封印的話語」。
「要來了。」
尼爾對白書點頭，拔劍出鞘。
破壞巨大機器，取得「被封印的話語」後，通往升降機搭乘處的門打開了。前面已經沒有該搜索的地方。因此門打開之前，尼爾就預料到會在那裡看見什麼。
「是個女人。」
一名女性倒在昏暗的升降機等候處的地上，用不著確認就知道沒有呼吸。
「八成是他們的母親。」
旁邊還有另一具屍體。那對兄弟的母親，不是獨自迎接死亡的。
「男人嗎……」
男子還很年輕。脖子上的金色鍊子發出廉價的光澤。遺容醜陋且扭曲，不曉得是出於恐懼，還是出於痛苦。
這兩個人恐怕是誤闖「試驗場」，被那臺巨大機器攻擊。或許是想搭乘地圖上的升降機，卻不知道前方有可怕的敵人在等待他們。

儘管找到機會逃到了這裡，當時他們肯定已經受到致命傷。那臺巨大機器反覆發射高溫光束及高速飛行的炸彈，不可能毫髮無傷地突破重圍。若沒有白書，尼爾自己也不可能平安無事。

屍體旁邊掉著一個大提包。扣環疑似撞壞了，鮮豔的布料從提包中露出來。是女裝。看來這個提包不屬於男子，而是母親的東西。

尼爾在裡面搜索，想看看有沒有什麼線索。如果有證據證明這名女性不是兩兄弟的母親就好了。然而，不可能有那麼剛好的東西，他搜到的是外出服和化妝品。

「還有錢。為什麼……」

「八成是想拋棄小孩，跟這個年輕的男人私奔。」

怎麼會。尼爾啞口無言。

「奇蹟沒有發生，等待我們的是最殘酷的真相。」

他並未發自內心相信母親還活著。反而是理智上明白她不可能活著，所以才想相信奇蹟。只不過，他萬萬沒想到母親沒打算回孩子身邊。他以為是想回去卻回不去。

母親沒有把食物留給小孩，手提包裡裝滿為自己增添姿色的物品，帶走了手邊所有的現金。不過，漂亮的衣服被油和鐵鏽弄髒，化妝品的瓶子碎裂。她帶走的現金，也因為丟了小命而不能用。一切都是枉然……
「回去吧。」
沒必要繼續待在這個地方。
回程可以搭電梯一口氣抵達地上的出口，因此尼爾沒有走到太多路。即使如此，雙腿卻沉重不堪。
「要怎麼跟他們說？」
雙腿變重的理由就在於此。弟弟說的「快點找到媽媽喔」於耳邊重現。要將真相告訴年幼的弟弟，太過殘酷了。諷刺的是，回去的路上幾乎沒有時間給他思考。
該據實以報，告訴他們媽媽到天上去了嗎？該騙他們沒找到人嗎？不管怎麼說，弟弟都會哭吧。結果，弟弟的反應如尼爾所料。
弟弟憤怒地瞪著尼爾，從貧乏的詞彙庫中找出最難聽的話辱罵他，最後大哭著跑進店裡面，連哥哥的責備都聽不進去。
「不好意思，我弟這麼失禮……」
「沒關係，不要罵他。」
等弟弟的哭聲遠去，哥哥壓低音量說道。
「媽媽是獨自死去的嗎？」

尼爾睜大眼睛。哥哥的說法，就像知道母親身邊還有其他人在……

「別介意，我都明白。」

對了，告訴他升降機的啟動通行碼時，哥哥的態度就有點奇怪，一直欲言又止。哥哥早就全部知道了。

「請告訴我，媽媽是跟喜歡的人一起死的嗎？」

尼爾開不了口回答，白書代替他簡短說道：「遺體有兩具。」

「太好了，媽媽再也不用為我們的事情心煩和苦惱。」

他反覆說道「這樣就好」，一滴眼淚都沒流，僅僅是試圖讓自己保持平靜的模樣，令人痛心。

「啊，對了。這個。」

尼爾從母親的行李中唯一帶回來的東西，是一瓶香水。其他化妝品的瓶子都碎了，只有這瓶香水毫髮無損。

「媽媽的香水……」

哥哥從尼爾手中接過香水，拔開塞子。玫瑰的香氣飄散而出。

「是媽媽的味道。」

他的眼眶這時才浮現淚水。

哭了一陣子，哥哥的表情再度恢復鎮定，目送尼爾他們離開。弟弟不知何時也跑到店外，對他們揮手。

尼爾覺得心裡悶悶的，但他決定接受這個結果。再去那家兄弟的店，拜託他們強化武器吧。到時跟他們聊幾句話。光是這樣就能達到安慰、激勵的效果，尼爾比誰都還要清楚。

他在北方平原全速狂奔，回到村子的時候仍然天黑了。尼爾從來沒有這麼想看見悠娜的笑容過。

他輕輕開門，以免門發出吱嘎聲，靜靜爬上樓梯。祈禱著悠娜的臉色會好一點，走到床邊。

「悠娜，我回來了。」

尼爾輕聲呼喚悠娜。棉被動了一下。不是睡著時翻身的動作，因此他知道悠娜還醒著。

「悠娜？」

既然醒著，照理說會立刻回話。狀況好的時候，她會跳起來大喊「哥哥！」就算身體不太舒服，她也會躺在床上對尼爾說「你回來了」。

「悠娜？還好嗎？」

有股不祥的預感。尼爾輕輕掀開毛毯，手當場僵住。

「身體……好痛……」

悠娜的額頭冷汗直冒。

「我去找波波菈小姐拿藥，等我回來。」

他幫悠娜拭去額頭的汗水，趕著想離開房間時，聽見微弱的聲音在呼喚他。

「哥哥……不要勉強喔。」

「不必擔心。」

連這種時候都不會耍任性的悠娜，相當令人同情。想快點幫助她。想快點讓她擺脫病痛。

尼爾一心這麼想著，跑向圖書館。

〔報告書 04〕

給尼爾看過有白書及黑書的相關紀錄的古文書後，他的反應出乎意料。把白書和黑文病的治療方式連結在一起，還在預料範圍內，但我沒想到他會說要收集所有的「被封印的話語」。

而且，正是白書推了他一把。本以為白書失去記憶，對我們而言比較方便，如今我深深體會到，有時這也會造成負面的影響。

若尼爾隨便尋找「大型魔物」，可能會再度引發異常狀況。於是，我告訴他崖之村的情報。雖然目前無法確定，崖之村的狀況不太穩定。從這個角度來說，我判斷讓尼爾和白書去崖之村正好。

事實上，他們從崖之村回來後，向我報告村裡有「魔物」出沒，以及遇到了擁有「被封印的話語」的「巨大魔物」。

然而，這次尼爾表示想要強化武器，我只得提供廢鐵山的情報。至於我的決定是否正確，目前不得而知。

藉由強化武器及頻繁的戰鬥，尼爾的實力逐漸提升。這也是過去從未發生過的現象，必須審慎觀察。

（記錄者・波波菈）

NieR:RepliCant
ver.1.22474487139...
《型態計畫回想錄》
File01

少年之章4

1

前往海岸鎮的時候，腳步總是沉重如鉛。要不是因為有魔物和凶暴的鹿出沒，他肯定會走得慢吞吞的。沒想到自己現在竟然會在南方平原上狂奔，想要盡快抵達海岸鎮。

當然是為了悠娜。

明明跟之前一樣有照常吃藥，悠娜卻說身體會痛。那是昨晚的事。尼爾擔心她會不會是病情惡化，止痛藥抑制不住疼痛了，懷著絕望的心情跑去找波波菈。他心想波波菈肯定有好主意，這次波波菈也沒有背叛他的期待。

『這樣的話，或許可以給她吃藥魚。』

波波菈說，有時候一直吃同樣的藥，效果會減弱。尼爾聽了稍微放下心來。悠娜不是病重到無計可施。

『藥魚是什麼？』

『能在海岸鎮釣到的魚，聽說具有強大的止痛效果。可是藥魚保存不易，這個問題比較麻煩。』

聽說那種魚只能在當地釣到，於是尼爾今天也一大早就出門了。連養雞夫婦都還沒起床。

埋頭猛衝的努力有了回報，尼爾上午就抵達海岸鎮。只要別花太多時間取得藥魚，搞不好今天就能回村。

「藥魚啊，不是隨便找就找得到的東西。」

「怎麼辦？我連藥魚是什麼樣的魚都不清楚。」

「先跟鎮上的居民打聽情報吧。」

「說得也是，也許店裡有賣。」

初次來到海岸鎮的時候，他在海灘附近看過賣魚的店。記得有個看起來很親切的老婆婆，動作緩慢地將魚用油紙包起來。尼爾愣愣地看著魚，老婆婆笑著問他「你會好奇呀？」一隻隻為他介紹攤子上的魚。

記得當時沒有叫做「藥魚」的魚。但尼爾原本就對魚沒興趣，說不定只是單純漏聽。

走去店裡一看，那位老婆婆正在勤奮地擦拭空無一物的攤子。

「對不起喔，今天新的魚還沒進貨。」

「這樣啊……」

看來提早出門反而造成了反效果。

「著急也於事無補。只能等那種叫藥魚的魚擺出來賣了……」

白書話講到一半時，一名路過的年輕男子問：

「你們在找藥魚嗎？」

「是的。請問有其他店有賣嗎？」

「藥魚不會放在店裡賣。」

「咦？」

「先不論牠拿來當藥的效果，那種魚並不好吃，顏色也不怎麼漂亮。但不是完全沒有店家賣啦，有時會跟其他魚一起掛在網子上。」

既然如此，在魚店前面等也未必買得到。傷腦筋，到底該如何是好？尼爾煩惱不已，年輕男子親切地建議他：

「想要藥魚的話，可以去問問看堤防的老爺爺。」

「老爺爺嗎？」

「他喜歡釣魚，對這一帶的魚瞭若指掌。我想他應該也很懂藥魚。」

「謝謝你。」

得知一個有價值的消息。在魚屋買藥魚的計畫，如今遇到瓶頸了，對藥魚知之甚詳的人物可是珍貴的情報來源。能在魚店以外的地方買到嗎？多少錢？通通不知道。既然喜歡釣魚，搞不好他此時此刻也正在釣魚，正在釣藥魚。若是如此，可以問問看願不願意賣給他……

尼爾來到堤防，確實有一名老人站在那裡。走近一看，老人面對大海，不曉得在碎碎念什麼。

「住得離海這麼近，這裡的人卻通通連魚都釣不好。」

哼氣的聲音十分不悅，甚至會讓人猶豫該不該跟他搭話。即使如此，只不過是跟心情不好的老人搭話，根本算不了什麼……在這個城鎮裡。

「那個，不好意思。我在找藥魚……」

「藥魚？噢，那種魚很快就釣得到吧。」

神奇的是，老人語氣雖然不耐，尼爾並不會不舒服或恐懼。他覺得他不是壞人。

「釣竿給你，自己去釣。」

老人把釣竿塞到尼爾手中。動作相當自然，完全不像要賣他人情的樣子。果然不是壞人。

「這裡釣不到，藥魚在西邊的海灣。」

「不過……我從來沒釣過魚，不知道釣竿怎麼用。」

「連這都不懂啊。」

老人語氣無奈，卻把釣魚的方法都教了一遍。不僅不是壞人，還是個親切的人。

「藥魚要用假餌釣。來，這給你。」

「謝、謝謝。」

「釣魚要靠體力決勝負，加油啊。」

在老人的鼓勵下，尼爾前往西邊的海灣。

「對了，剛才的老爺爺跟鎮上的居民，看到小白都不驚訝耶。」

「應該是因為知道我是偉大的『白書』。正是如此。」

「啊——嗯。或許吧。」

海岸鎮會有載著珍奇貨物的外國船停靠，居民經常看見那類型的物品。味道詭異的食物、用途不明的材料、奇怪的魔術道具……白書八成被當成了這類型的東西。既然是來自大海另一端的書，會說話也不奇怪。

再次來到這裡，真是座美麗的城鎮。純白牆壁的建築物，將蔚藍大海襯托得更加美麗。路上鋪著形狀及大小統一的石子，不僅便於步行，看起來也美觀。居民都很開放，沒有半個人會趕走外人。唯有帶魚腥味的海風實在難以忍受。

尼爾從商店林立的大街鑽進狹窄的巷子，穿過洞窟，抵達西邊的海灣。好幾隻海豹像原木一樣趴在廣大的沙灘上晒太陽。孩子們跑來跑去的模樣，令人莞爾一笑。

他看著這悠閒的畫面，照老人教的把釣線綁在假餌上，拋竿。

「要慎重。」

「我知道，仔細觀察浮標的反應。」

浮標沉入海中，釣竿劇烈彎曲時，用全身拉竿，不斷往跟魚反方向的方向使勁拉……尼爾反覆咀嚼老人的教導。接下來只要靜靜等待。盡量不要說話，如果真的要講話，必須壓低音量。過大的交談聲及其他聲音，會把魚嚇跑……

「上鉤了！」

可能是老人教得好，或者碰巧走運，尼爾才垂釣沒多久，就輕易釣到藥魚。黑色的，是「不怎麼漂亮」的顏色，比想像中更小隻。考慮到回程得花上半天的時間，輕一點的小魚正好。

「快回村裡吧。」

這樣回去也能用跑的。只要回家馬上讓悠娜吃藥魚，今晚她應該就不會受病痛所苦，可以睡個好覺。

藥魚的效果十分顯著。小孩子通常會討厭吃很苦的食物，悠娜卻一句話都沒抱怨，乖乖吃下藥魚。也許她就是痛得如此無法忍受。

藥魚當天晚上就見效了。尼爾在深夜去觀察悠娜的狀態，她發出平穩的呼吸聲。沒有痛苦得皺眉，也沒有緊緊捏住棉被，睡得很安詳。

隔天早上，悠娜已經能從床上坐起來。臉色也不差。

「早安，悠娜。覺得怎麼樣？」

「嗯，已經不痛了。」

「是嗎……太好了。真的太好了。」

尼爾決定以後要繼續找時間和找工作去海岸鎮，釣藥魚回來。

「欸，哥哥。那本書是什麼？」

悠娜好奇地看著白書。

「對了，還沒跟悠娜介紹。」

仔細一想，從石之神殿回來的途中悠娜在睡覺，回家後她大部分的時間也都躺在床上休息。為了避免吵到悠娜，白書在家裡大多不會說話。明明住在同一個家中，悠娜還是第一次意識到白書的存在。

「我的名字是白書，擁有博大精深的睿智……」

白書裝模作樣地自我介紹，被悠娜雀躍的聲音打斷。

「白白？你好，白白！」

「什麼！我的名字是白——」

「小白也一直在擔心悠娜喔。」
「是嗎？謝謝你，白白！」
白書深深嘆息。
「隨妳怎麼叫吧。」
「好好相處吧，白白。」
「兄妹倆都這副德行……」
悠娜無視白書的嘆息，高興地抬頭看著眼前的書。

2

從海岸鎮回來的數日後，尼爾來到圖書館，給波波菈託他幫忙採集的藥草。
「最近狀況如何？還好嗎？」
「多虧藥魚的功效，悠娜變得很有精神。波波菈小姐，謝謝妳。」
「我擔心的不只悠娜，還有你。」
「我？」
「你最近好像一直出遠門，沒有在硬撐吧？」
尼爾前天又去了廢鐵山一趟。他在廢鐵山的地下尋找材料，又拜託人家幫忙強化武器。擁有「被封印的話語」的敵人通通很強。若想繼續戰鬥，強化武器是不可或缺的。

「我沒事。一想到悠娜的身體，就覺得不能停下。」

「這樣啊。說得也是……」

尼爾不想害波波菈操心，刻意用開朗的語氣說道。

「有沒有什麼是我能幫上忙的？」

經過片刻的躊躇，波波菈開口說道：

「其實，我們打算整修貿易用的水路。」

說到水路，村裡也有小小的碼頭。現在雖然沒在用，村裡的人曾經說過，以前會有船隻往來。應該是計畫整修那一帶，讓船隻可以繼續停靠吧。

「雖然要很久以後才會準備好……能搭船的話，對你們應該會有幫助。」

「對啊。坐船就不必擔心被魔物襲擊了。」

「可是，那個計畫出了一些問題。」

「是嗎？」

「儘管有點難以啟齒，你願意聽聽我的請求嗎？」

「當然，別客氣。」

「謝謝。」

尼爾一直受到波波菈的照顧，所以他反而很高興波波菈有事「請求」。只要能幫上忙，多少可以報答她的恩情。

「我們委託整修水路的人，這幾天都沒來工作。我很擔心，想請你去海岸鎮看看情況。」

「小事一樁。我正好想去釣藥魚。」

昨晚，尼爾沒看漏悠娜躺上床時皺著眉頭。藥魚的藥效沒了。

「謝謝。那個人總是背著紅色包包，到那邊應該就認得出來。只要跟居民說你在找『背紅色包包的人』，他們就知道了。」

「好。」

尼爾請波波菈把「背紅色包包的人」的住所畫在地圖上，離開圖書館。

目的地在海岸鎮的大街上。本來就不是會迷路的地方，再加上有「記號」幫助辨識，尼爾一眼便認了出來。背著紅色包包的男子坐在家門前。

「請問你怎麼了？」

他猜想對方是不是身體不舒服，小聲詢問。背紅色包包的男子抱著雙膝，把臉埋在其中喃喃自語。

「啊啊……沒救了……我的人生沒救了……」

到底發生什麼事？

「有種會被捲入麻煩事的感覺。」

白書彷彿想立刻逃跑，尼爾規勸他不可以講這種話，再度跟男子搭話。

「怎麼了嗎？你是負責整修水路的人對不對？」

「其實……我太太離家出走，到現在還沒回來。已經一個禮拜沒消息了，我找遍整座城鎮都沒找到，擔心得什麼事都沒辦法做……」

波波菈說他這幾天沒來上班。原來如此，是因為在四處尋找離家出走的妻子，無暇顧及工作。

「我也來幫忙找她。」

「咦？真的嗎？」

只要妻子回來，男子照理說就能跟以前一樣正常上工。既然如此，幫忙找人是最快的。

「關於太太可能會去的地方，你有頭緒嗎？」

男子沉思片刻，先說明「也稱不上有頭緒」才接著說：

「我只知道她常在酒館跟女性朋友喝酒……」

「酒館嗎？知道了。我去問問看那個人。」

「這樣啊。謝謝。太太也跟我一樣背著紅色包包，這樣講她應該就會知道。」

「真是對奇怪的夫婦。」

聽見兩人背著同樣的包包，白書毫不顧慮地說出感想。男子卻沒有因此生氣，說明道：

「那是我們買來紀念結婚的包包，充滿了許多回憶。沒錯……充滿許多回憶的……包包……可是，因為我做了那種事，太太她……」

男人垮下臉來，這表情跟悠娜快哭的時候一樣。

「冷、冷靜點！我馬上幫你找到她！」

尼爾拋下這句話，趕往酒館。

從結果來說，去了酒館還是不清楚男子的妻子在哪裡。常跟她一起喝酒的女性朋友也說不知道。但她告訴尼爾，男子的妻子常跟釣具店的太太聊天。

尼爾接著前往釣具店收集情報，釣具店的太太不太有自信地說：

「她不久前好像說過要去鎮外一趟？還是滿久以前？」

只講「鎮外」範圍未免太大了。這個情報雖然並不明確，尼爾沒有其他線索，除了親自跑一趟以外別無選擇。

「那男人似乎知道太太離家出走的理由。」

「對啊。小白也是這麼想的？」

「可是，太太會去的地方他又毫無頭緒。」
「如果反過來就好了。」
「那樣也挺麻煩的。」
跟酒館的女性朋友和釣具店的太太打聽過後，得知一件事。那對紅色包包夫婦一天到晚吵架，居民甚至叫他們「吵架夫妻」。從男子因為太太離家出走而哀嘆的模樣來看，實在想像不到。
尼爾在城鎮入口附近及通往南方平原的道路搜索。男子的妻子是單獨行動的嗎？
在廢鐵山的經歷浮現腦海，有種討厭的感覺。再也不想遇到那種事……途中，他遇到好幾次魔物。對一名女性來說，這條路太危險了。不僅如此，愈接近南方平原，魔物的數量及強度也隨之增加。尼爾有股強烈的不祥預感，心情愈來愈差。
他的預感在南方平原成真。那裡的魔物比之前遭遇的強上一個等級。尼爾使用在崖之村及廢鐵山獲得的魔法，好不容易打倒牠，然後找到了不想看到的東西。被打倒的魔物化為塵埃消失後，留下一個紅色包包。
「這該不會是……」
「跟那男人背的包包一模一樣，恐怕是太太的。」

「怎麼會……」

男子的妻子被魔物殺了。找遍周遭也沒看見屍體，推測是在其他地方遇害。

「我該怎麼跟那個人說？」

「儘管令人於心不忍，只能告訴他真相了。」

真希望是一場誤會，真希望這個包包是別人的。尼爾懷著這樣的想法，回到男子家中。

然而，包包毫無疑問屬於男子的妻子。尼爾一拿出包包，告訴他魔物帶著這東西，男子的臉色就變了。

「怎麼會……我太太，被魔物……」

男子癱坐在地，像個小孩般啜泣起來。不停咕噥著「是我害的」，彷彿在說夢話。

「她為何離家出走？」

「小白，現在讓他一個人靜靜吧。」

尼爾叮嚀白書，正準備離開時，聽見悠閒的聲音。

「我回來了——哎呀？老公，你怎麼了？」

男子瞪大眼睛站起來。

「妳、妳怎麼！妳不是被魔物殺掉了嗎!?」

「什麼東西？你在說什麼呀？」

「因為，那個包包……」

「噢，你幫我撿回來啦？太好了。我不小心把它搞丟了。」

「妳真的沒事……太好了……太好了……」

得知以為已經不在人世的妻子還活著，男人再度哭出聲來。這次是喜極而泣。白書嘀咕著「真吵」，在這之前都沒有任何問題。在這之前都很和平。可是——

最後，男子在尼爾的詢問下說明狀況，接著輪到妻子說明。她只是回娘家而已，是男子自己誤會她離家出走。妻子生氣地罵「你都沒在聽我說話」，男子責備她「妳不也把紀念結婚的包包搞丟了」，夫妻倆開始大吵。

「居民說的是這個啊……」

尼爾好不容易把整修水路的事情傳達給男子，逃出那個地方時，跟打倒大型魔物一樣累。

3

離開紅色包包夫妻家後，尼爾前往西邊的海灣釣藥魚。接下來只要回到悠娜身邊即可。他懷著卸下重擔的感覺離開沙灘。再怎麼說，都不會再遇到麻煩事了吧。

然而──

「等一下！」

尼爾在通往大街的道路路口聽見叫喚聲，語氣比教他釣魚的老人更不耐煩。他在這座城鎮一個人都不認識，覺得八成不是在叫自己，打算直接走掉時，聲音再度傳來。

「等一下！在這裡！」

怒吼聲令他反射性停下腳步。

「有這麼一個看起來在傷腦筋的老婆婆，竟然假裝沒看見嗎！唉──最近的年輕人真是沒血沒淚。」

周圍只有跑來跑去的小孩子和海豹。

「咦？叫我嗎？」

住手──白書用銳利的語氣制止尼爾。

「遇到這種人，無視方為上策。」

他理解白書的心情。怎麼想都覺得又會惹麻煩上身。不過，明知對方顯然在叫自己，還故意無視，這樣好嗎……在尼爾思考之時，老婆婆突然哀號。

「好痛！好痛好痛！好痛啊──！」

「老婆婆!?妳怎麼了!?」

哪裡受傷了嗎？尼爾急忙跑過去，老婆婆狠狠瞪向白書。

「大概是因為看見會說話的書這種奇怪的東西，我的老毛病惡化了……」

「說我奇怪!?真失禮！」

「哪裡失禮！我只是因為你害人不舒服，才說你『奇怪』！」

「妳……口無遮攔……妳這傢伙！」

「小、小白，冷靜點！」

尼爾拉回準備撲過去的白書，打算離開時，老婆婆再度怒吼。

「你竟然要放著可憐的老婆婆不管!?幫點小忙也不會遭天譴吧!?」

「對、對不起。」

白書故意嘆了口氣。

「妳嘴巴這麼厲害，大部分的問題都能解決吧。唉。所以，妳要拜託我們什麼事？」

「可以幫我去郵局，叫郵差快點把寄給我的信送來嗎？」

「這點小事……」

給我自己去——白書話還沒講完，老婆婆就大聲嚷嚷：「好痛——！」

「知道了！我去我去！我幫忙就是了！」

今天就是這種日子吧。既然做什麼都擺脫不了麻煩事，不如放棄無謂的抵抗。

尼爾想到，這麼說來，他在前往西邊的海灣的路上，遇見一位居民叫他小心燈塔的老婆婆。他怨恨起當時一頭霧水、沒把那句話聽進去的自己。有不懂的事就該當場問清楚，學到這個教訓，搞不好是今天唯一的收穫。

海岸鎮的郵局離大街、廣場、碼頭都很近，地點十分方便。

尼爾的村子有郵筒卻沒有郵局。沒收到信的話，只能乖乖等郵差過來。因此去郵局催信的老婆婆，使尼爾大為震驚。他萬萬沒想到還有這種做法。

「嗨，你好。」

郵差態度很好，感覺是個親切的人。尼爾覺得催這個人送信有點不好意思。

「那個……我在海灣遇到的老婆婆，說她的信應該寄來了……」

「噢，燈塔婆婆啊。」

「正是。快把信送給那個囉嗦的老太婆！」

和尼爾不同，白書沒有一絲顧忌。郵差困擾地低下頭。

「我也很想，可是我的腳受了點傷。」

尼爾更加愧疚了。腳受傷的話別說送信，肯定連買東西都不方便。尼爾思考著有沒有什麼自己幫得上的忙。

「啊，我想到一個好主意。」

「住手！別說！不可能是『好主意』。絕對不是。我知道。」

白書驚慌失措，尼爾卻沒有理會他，接著說：

「我來代替郵差先生送信。」

郵差面露安心，白書卻顯得很不愉快。

「不好意思。要小心喔，那個老婆婆很難對付。」

我知道，白書無奈地說。

「對了，你們是從波波菈小姐的村子來的吧？」

「你怎麼知道？」

「服裝不太一樣，散發出的感覺也跟這裡的人不同。方便的話，可以麻煩你回村時把這封信交給波波菈小姐嗎？」

「當然沒問題！」

只要代替他送信，郵差就不用拖著受傷的腿穿越南方平原。反正回村後，他得先去找波波菈報告水路的事情，是對雙方都有好處的好主意。

「真是。看你這樣，乾脆轉職去當郵差比較好。」

但白書依然悶悶不樂。

郵局和燈塔距離不遠。可是，燈塔蓋在一座小山丘上，推測是為了讓遠方也看得見燈塔的光。表示必須爬一堆坡。

除此之外，老婆婆的房間在燈塔最上方，又得爬一堆樓梯。對行動不便的老人來說，僅僅是出門買個東西，肯定十分費力。對腳受傷的郵差來說也是。

「你們來做什麼的？」

一看到尼爾，老婆婆就不悅地板起臉。

「如妳所願，送信來的。」

「郵差先生好像受傷了，我們代替他送信。」

受傷？老婆婆挑眉。

「真是沒用的郵差，難怪信一直沒送到。」

「沒辦法，他受傷了嘛。」

「是這樣嗎？」

老婆婆哼了聲。

「不過，沒想到會有人寫信給妳。」

「是很重要的人。對我而言，很重要的人……」

她收下信件的模樣，跟之前判若兩人。彷彿只會口出惡言的老婆婆瞬間消失，取而代之的是作夢的少女……這樣形容或許太誇張了。

「哎，既然你們幫我送信來，至少給點謝禮吧。」

老婆婆用滿是皺紋的手往尼爾手中塞了銅幣。語氣雖然冷漠，那雙手卻很溫柔。她或許不是壞人——尼爾頭一次有這種感覺。

尼爾花了半天回到村子，直接前往圖書館。儘管時間已晚，波波菈還在平常那間房間寫東西。

「有一封給波波菈小姐的信。」

波波菈向尼爾道謝，打開信件。

「是海岸鎮的鎮長寄來的？不曉得有什麼事。」

這是……她沉吟著皺起眉頭。

「怎麼了嗎？」

「崖之村好像又有魔物出現，而且還很多。」

「那個沉悶的村子嗎？那些村民不但不聽人話，還莫名其妙地想把我們趕出去……真的很不講理。」

「是啊。不過，那裡有許多人……」

波波菈講話愈來愈小聲。

「別擔心，我去看看。」

大量的魔物中，也許會有跟那隻巨大蜥蜴類似的魔物。那麼非去不可，是為了自己，而非為了救人。因為那隻魔物說不定擁有「被封印的話語」。

4

凱寧停下幫左腳纏好繃帶的手，陷入沉思。

她早已習慣被視為異形，遭到鄙視。從誕生於身為女性也身為男性的身體的那一刻起，也習慣被當成怪物了，從魔物寄宿於半身的那一刻起。

所以，即使突然被人用魔法攻擊，她的感想也只有「又來了」。給對方一點教訓，趕走他就行。這樣就不會再靠近了吧。對凱寧而言，外人就是這樣。

然而，只有那位少年不同。他跟自己道歉時，發自內心感到愧疚的表情浮現腦海。

沒想到會有人跟她道歉。回想起來，有人跟她說過對不起嗎？這個事實導致凱寧十分坐立不安。

毛骨悚然的感覺於身體左半邊擴散。哈哈哈哈哈，刺耳的大笑聲響徹四方。直接於腦中響起的魔物聲音，聽幾次都不習慣。既不快又煩躁。

『世上竟然也有這種異想天開的人存在。把怪物當成人類，怎麼想都是腦袋有病。比起異想天開，更接近那個吧，以為只要跟妳說「我們好好相處吧」，就不會受到攻擊的白痴？』

「閉嘴。」

明明沒必要出聲，不悅的心情卻化為聲音脫口而出。

『妳要幫那白痴說話嗎？要跟他好好相處嗎？喂？』

發現那是一如往常的挑釁的瞬間，心中亂成一團的情緒消失了。

『怎麼？妳不生氣啊。』

真可惜。凱寧默默回答。她決定不會給這傢伙（杜蘭）任何可以當成餌食的東西。

這隻性格扭曲的魔物最喜歡負面情緒，總是舔著嘴巴等待憤怒、憎惡、厭惡等情緒充滿凱寧的體內。自從發現這件事，凱寧就覺得為杜蘭的一字一句勃然大怒很蠢。

『啊——真討厭。妳這不要臉的女人就是這副德行。』

沒辦法，我早已習慣。這次她苦笑著告訴杜蘭。杜蘭沒有回應，大概是覺得沒意思了。

沒錯，早已習慣。凱寧和杜蘭共存的時間就是這麼久。她很久沒去計算，自己是在幾年前被這隻魔物附身。一旦去計算，就會忍不住思考。祖母去世幾年了。唯一的親人被魔物殺掉，自己也差點送命，身體變成這副禁忌的模樣……過了幾年了。

在那之前的生活絕對稱不上平靜。生為雙性人的凱寧，被周圍的人排擠。凱寧並未危害人類，卻僅僅因為異於常人這個原因，全家遭受迫害，結果雙親很早就去世了。

收養淪為孤兒的凱寧的祖母，也被迫從村裡搬到外面住。凱寧親身體會到，光是跟其他人不同，就足以構成攻擊的理由。

話雖如此，會因為這點小事受傷，表示當時還稱得上和平。跟魔物比起來，人類的暴力及殘酷是有極限的。

殺死祖母的魔物擁有壓倒性的力量，除此之外還極度殘虐。魔物明顯樂在其中。沒有立刻殺死祖母，而是享受祖母在牠腳下逐漸步向死亡的過程，以悲慟不已的凱寧為樂。

而且，牠還當著凱寧的面踩扁祖母，說著「不管其他人怎麼說，妳都是我可愛的孫女」，為她戴上白花髮飾的祖母，被一腳踩扁了。在魔物骯髒的腳下，消失得不留痕跡。

被怒火沖昏頭的凱寧試圖刺殺魔物。現在她明白，這個行為已經超越魯莽，而是愚蠢。小小一把刀，怎麼可能殺得死巨大的魔物。結果想都不用想，凱寧遭到還擊，受了瀕死的重傷。那把刀根本無法傷及魔物。

這時，有個奇怪的存在想占據她的身體。深黑色的黏液狀物體，爬上左手斷掉、左眼潰爛、殘破不堪的身軀，叫凱寧把那具奇特的身體給牠。

『我想要能踩在地面上，感受風吹，承受日晒雨淋的身體。』

是杜蘭。只不過，杜蘭的願望並未成真。凱寧的求生欲妨礙了牠。她無論如何都得活下去。因為那是死去的祖母的心願。

杜蘭進入體內，讓重傷的身體得到修復，凱寧活了下來。杜蘭沒能搶走她的身體，就這樣棲息在凱寧體內。牠似乎在伺機搶走凱寧的身體——不對，凱寧明白牠的企圖，可是杜蘭實際能做到的，頂多只有像這樣挑釁或辱罵她……

凱寧停止思考，抬起頭。還是純粹的人類時，她感覺不到，現在則不一樣。將名為杜蘭的魔物養在體內後，凱寧變得能共享牠的感覺。

黑暗的顏色從通往村子的道路冒出。凱寧拿起雙劍，迎擊敵人。

『還有其他的。』

用不著牠說。村子的方向也有魔物的氣息。還不只一隻。這兩、三天經常感覺到魔物的氣息，今天特別多。

「可惡！煩死了。」

跟在北方平原附近出沒的小嘍囉不同，眼前的魔物們會反射魔法。想將成群的魔物一舉殲滅，用魔法是最快的，如今卻不能使用這個手段。光是想到不得不一隻隻用劍解決，凱寧就覺得煩躁。

但她還是動手了，將魔物趕盡殺絕。殺掉祖母的那隻大怪物，似乎挺聰明的。既然如此，牠搞不好會因為同伴被殺而氣得跳出來。因此，凱寧決定殺光魔物。

自從杜蘭的力量成為她的力量後，人類連拿都拿不起來的大劍，凱寧甚至可以單手舉起來揮動。不只臂力，跳躍力也提升了。一躍就拉近了跟魔物之間的距離，一劍就砸爛了魔物。能用這種方式戰鬥，也是因為被魔物附身。即使會遭村民厭惡，這是為祖母報仇不可或缺的力量。

『喂，有客人。』

凱寧雖然變得能夠敏銳察覺到魔物的存在，對人類的氣息反應卻很遲鈍。是杜蘭先發現有個人拿著劍，衝進這群魔物之中。

她一邊砍殺魔物，一邊回頭，看見帶著會說話的書的少年。是之前向她道歉的那名少年。

「你來幹麼的!?」

「來救妳的！」

什麼？他在講什麼鬼話？纔跟我道歉後，現在說要來救我？莫名其妙。

「要感動之後再說。」

或許是因為凱寧一直沒有回話，會說話的書從旁插嘴。

「誰會感動啊！」

凱寧對他怒吼，會說話的書卻毫不介意，僅僅是飄在少年旁邊。這樣反而讓對他怒吼的自己顯得很蠢，凱寧決定專注在驅除魔物上。

然而，少年趕到後，魔物的數量就迅速減少。怎麼看都只是個年幼的孩子，少年打倒的魔物，卻跟身為魔物附身的她差不多。看來他比上次來到這裡時更強了。

『唉唷唉唷唉唷，真難得，妳竟然會對人類感興趣……』

閉嘴，凱寧嘀咕道。杜蘭多管閒事惹火了她，凱寧使勁揮舞雙劍。眼前的魔物聚在一起飛出去，化為塵埃。不知不覺間，他們已經殲滅大群魔物了。

「魔物為何突然出現？」

會說話的書納悶地問，面向凱寧。說是面向，他的臉是封面上的面具，實際上的五官未必在那裡。

「究竟是怎麼一回事？」

「原因不明。可是，村裡也有魔物。」

「村民有危險了，去救他們吧。」

少年一副理所當然的態度，飛奔而出。會說話的書緊跟在後。

『妳打算怎麼做？不會要跟他們一起去吧？不會要去救村裡的人吧？』

不去，救人這種事我不幹。凱寧正想如此回答，全身突然汗毛倒豎。在感應到氣息前，本能先做出了反應。

『……來了。』

「嗯，是那傢伙。」

凱寧跑了起來，立刻追上先行跑進隧道的少年。氣息愈來愈強烈。

她跟少年一同穿越隧道，準備過橋時，地鳴和地震襲來。那具發出亮光的巨大身軀，從谷底爬上懸崖。巨大魔物從凱寧他們頭上跳過去，降落於廣場上，阻擋他們的去路。凱寧有種瞬間跟牠對上目光的感覺。

「去死！」

她躍向空中，自在地扭動上半身，以增加跳躍的距離。她朝祖母的仇敵揮劍。然而，兩把劍都只有稍微削掉魔物表面的皮膚。

再一次。凱寧重新握緊劍柄。既然只能對牠造成一點小傷，除了靠次數彌補外別無他法。

「別大意！」

「不用擔心！我根本沒那個時間大意！」

她將少年和書的交談聲置若罔聞，使用魔法，不斷揮劍。就算自己一個人對付不了牠，若是和這名少年並肩作戰，是否就能打倒這隻魔物？這個想法突然浮現腦海，凱寧驚慌失措。

為何會這樣想？為何要在腦中浮現這個想法後驚慌失措？連她自己都不太明

白。這種搞不清楚狀況的感覺令她極度不快，使勁揮舞手中的雙劍。講白了點，就是遷怒。

不曉得在第幾次的攻擊後，魔物莫名停止動作。仔細一看，少年從書裡召喚出一隻黑色的巨大手臂。那隻「手」抓住魔物的尾巴，將牠吊在空中。

「黑色的……魔法？」

巨大魔物被砸向懸崖，衝擊大到附近的水塔從懸崖剝落。不過，這隻魔物可沒弱到會因為這點小傷動彈不得。巨大魔物沿著懸崖，往村子的內部前進。牠占據裡面的廣場，開始吐出小型魔物。

「我負責那個大塊頭！小嘍囉交給你處理！」

凱寧再度用力跳躍。一口氣跳過聚集在通道上的小嘍囉，衝向前方。

她聽見「可恨的女人快滾」、「妳這噁心的魔物附身」之類的咒罵聲。是從水塔傳出的。還有人說「是妳把魔物叫來的吧」。

『如果妳有厲害到能叫來魔物，事情就簡單囉？』

是啊。就是因為沒那個能力，自己才只能等待這個混帳東西現身。前幾天被牠逃掉，凱寧悔恨不已。她以為又得繼續枯等。

今天一定要做個了斷……

可是，巨大魔物又打算逃跑。凱寧在村子深處的廣場用雙劍攻擊牠，發射了好幾發魔法，魔物卻在懸崖上跳來跳去，閃過她的攻擊。八成是覺得移動到沒有地方可以踩的懸崖上，就不會被追上。

「該死！」

即使擁有魔物附身的身體能力，依然不可能像蜥蜴一樣在懸崖上爬，像鳥一樣在空中飛行。少年大聲呼喚凱寧的名字。

「我把牠逼到角落，妳先去那邊埋伏！」

「知道了。」

在少年提議前，凱寧從未想過夾擊這個戰術。她不懂跟其他人合作的戰鬥方式，因為她一直以來都是孤軍奮戰。

「別逞強。」

她簡短補充一句，從通道跳到橋上，又從橋上跳到另一條路上。形似蜥蜴的魔物沒有翅膀，可以逃的地方自然有所限制。少年的推測沒錯。地鳴及刺耳的咆哮聲逼近凱寧。

『來了來了，牠來囉。』

尖銳的笑聲於腦內迴盪。魔物同胞在遭受攻擊，這傢伙（杜蘭）為何這麼高興？

『喂！妳看。牠傷成那樣！』

將巨大魔物逼到走投無路的，不只那隻「手臂」。不時還會有黑色「長槍」和

「子彈」削下那發光的體表，在上頭開洞。

『這就叫所謂的……遍體鱗傷？那傢伙挺厲害的嘛。還以為他只是個傻子。很好，很好。殺殺殺！』

凱寧感覺到杜蘭的殺意和自己的殺意產生共鳴，逐漸膨脹。絕對不會放過牠。要把牠四分五裂，砍到不留原形——不，就算牠被切成肉片，依然要繼續砍。直到不留痕跡……跟牠對奶奶做的一樣。

巨大魔物跳到廣場，大概是連在懸崖上爬行的體力都沒了。動作看起來也有點遲緩，是取其性命的好機會。凱寧跟著牠跳到廣場上，高舉著劍殺向魔物。本以為這就是最後一擊，魔物卻仍在掙扎。牠對凱寧噴出白霧狀的氣體。

凱寧立刻摀住口鼻，可惜為時已晚。明明不小心吸進的白霧只有那麼一點，腦袋卻昏昏沉沉的。眼前變成一片純白，似乎不只是因為霧。從谷底吹來的風聲消失不見，少年呼喚凱寧的聲音模糊不清。

凱寧。又有人呼喚她。不是少年的聲音。是更熟悉……更懷念的聲音。

『凱寧……是我……是奶奶啊……』

呼吸差點停止。為什麼？奶奶已經死了。她的疑問被『妳長大了』這句話蓋過，是她一直渴望聽見的聲音。

『好久不見。』

眼前浮現祖母的面容。

「奶……奶……」

本以為要是有機會再見到奶奶，自己肯定會哭得跟孩子一樣，凱寧卻因為太過驚訝的關係，一滴淚水都流不出。

『能見到凱寧，奶奶好高興。』

長久以來收在內心深處的回憶，一個個浮現腦海。是奶奶教她怎麼劈柴生火。是奶奶用扔石頭這種粗暴的方式，幫她趕走村裡欺負她的小孩。她第一次畫奶奶的時候，明明畫技拙劣到看不出在畫誰，奶奶還是開心地笑了。還有……

『怎麼樣，凱寧。要不要來奶奶這邊？』

想跟以前一樣，和奶奶一起生活。若能回到貧困卻幸福的那時候。

『不能依賴任何人，不屬於任何地方，一直孤身一人，被迫承受他人殘酷的對待及怒罵，活著還有什麼意義呢？』

咦？奶奶？為什麼？為什麼要講這種話？

『對吧，凱寧……』

噢，是嗎？原來是這樣。腦中的迷霧迅速散去。

「就這些嗎？」

眼前的臉孔面露驚愕，與死去的祖母相似得令人火大。

「你想說的就這些嗎？」

『妳在說什麼？奶奶——』

「講完就給我閉嘴……！」

凱寧使勁一躍。由於剛吸進奇怪的霧氣，她擔心身體會不會不聽使喚，結果只是杞人憂天。憤怒為凱寧的四肢帶來力量。她破口大罵，視野立刻恢復原狀。

「奶奶絕對不會說那種話。」

肩膀、手臂、雙腳在發抖。身體無法容納的憤怒竄遍全身，尋找可以宣洩的地方。

「『活著還有什麼意義』這種話，她死都不會說！」

她感覺到劍刃深深刺進魔物體內，連她自己都不知道刺進了哪裡。眼前是黑色的。是魔物的顏色，還是自己憤怒的顏色？

「所以再怎麼想死，我都一直用這具醜陋的身體活著……直到為奶奶報仇！」

她強行揮動卡在肉裡的劍。

「這段時間有多麼漫長難耐！你懂嗎!?你懂嗎!?」

跳躍，朝魔物的腦袋用力揮劍，震耳欲聾的咆哮聲和大喊「趁現在！」的聲音同時響起。凱寧看見黑色「手臂」將巨大魔物拎了起來。在落地的同時，腳底傳來劇烈的震動，身體飄到空中。她不知道發生了什麼事，總之自己似乎被震飛了。

在上下顛倒的視野一隅，那隻魔物插在粗大的柱子上。凱寧看見牠身體被刺穿，腳和尾巴垂在那邊的模樣。因為太過放心的關係，頓時全身無力。

意識隨著墜落的感覺被吸向某處，頭上腳下墜入昏暗的世界。

奶奶，可以了吧……我累了。

我殺掉那隻該死的魔物了，幫妳報仇了。這樣就沒有非做不可的事了，通通結束了。

可以去妳那邊了吧？

遺憾的是，無人回應。聽不見祖母的聲音。不過，這反而令凱寧感到喜悅。這不是魔物給她看的幻覺。是現實。為祖母報了仇，是如假包換的事實。

昏暗轉為黑暗。就在凱寧放任自己失去意識，準備委身於漆黑時。

她聽見有人呼喚自己，光芒隨著那名少年的聲音灑落。

「不可以放棄！要活下去！」

活下……去……？叫我活下去……？

「絕對不能放棄！」

這個聲音。我為何會覺得懷念？

一股溫暖正在接近，感覺非常舒服，讓人想觸碰看看，凱寧下意識伸出手。她聽見有人在說「唉……真是個麻煩的女人」。是那本會說話的書——浮現這個想法的瞬間，光芒四射。
「凱寧，妳不可以死！」
天空藍得刺眼，視野變成懸崖的顏色，凱寧發現有人把她抱了起來。少年的臉近在眼前，叫她活下去的聲音於耳邊重現。凱寧想起溫暖、明亮的光。
「活下去……為了什麼？」
這……少年支吾其詞。問了對方不可能答得出來的問題，凱寧覺得自己有點煩。她對比自己小的人，提出了他人無從回答的疑問。因此，她主動中斷這個話題。
「我的復仇，已經結束了。」
復仇才是她的生存意義。復仇結束，等同於生命的終結。在生存意義消失的世界上，她要怎麼活下去？
「真是！廢話連篇的女人最難搞了！」
會說話的書突然插嘴。
「讓我們幫妳報仇，報完仇就想走？」
少年開口制止他，書卻充耳不聞，接著說：
「蠢貨！瞧妳戰鬥的時候動作如此靈活，腦袋怎麼完全轉不動！」
為何這麼生氣？不對，為何這本書用像在教訓人的語氣說話？為何自己在被這本書**教訓**？

「為夥伴而死，才是劍士的宿願吧。」

這本書在講什麼鬼話。夥伴……？可是，為什麼呢？這個詞彙莫名觸動她的心弦。

「沒錯！」

少年吶喊道。用明亮、溫暖、充滿喜悅的聲音。宛如光芒的聲音。

「我們已經是夥伴了！」

「我、我不是那個意思……」

「那是什麼意思!?」

「這……」

少年駁倒會說話的書，直盯著凱寧。跟向她道歉時一樣，目光真摯。從來沒有人向她道歉過，因此凱寧當時相當困惑。如今她明白自己困惑的原因了。聽見少年說她是夥伴，她明白了。

少年若無其事地接納一直受人厭惡的自己，令她感到困惑。

「凱寧，妳願意跟我們一起戰鬥嗎？」

「笨蛋！你太直接了！這種時候要循序漸進，一步步慢慢來，費盡脣舌與對方交涉，才是正統的作風……」

聽少年和書的對話，她有種奇妙的感覺。然後察覺到自己的嘴角掛著笑容。

「那本書。」

聽見凱寧的呼喚，會說話的書語氣轉為憤怒。

「別把我當成東西叫！我的名字是白書，擁有博大精深的睿智……」

「那就小白。」

「就說了，為何省略我的名字！」

瞧他氣成這樣，實在很好笑。夥伴——凱寧在心中默念。這個發展杜蘭似乎不樂見，牠沒有反應。這也同樣可笑。

「你說的或許沒錯。除了復仇的我嗎？」

凱寧站起身，雙腿有點站不穩。只不過，連那不穩的步伐都給人一種新奇感，令人心曠神怡。的確，只為復仇而活的自己死了。此時此刻，站在此處的，是另一個自己。還不是任何人的自己。

「妳願意……跟我們一起來嗎？」

身後傳來提心吊膽的詢問聲，凱寧將手伸向掉在旁邊的劍。它做為復仇道具的任務也完成了。這把武器接下來的用途，尚未決定。

「在我想到要如何使用這把劍之前，就這麼做吧。」

話雖如此，凱寧已經隱約看見那條道路。

〔報告書 05〕

尼爾開始頻繁前往海岸鎮。目的是釣藥魚。由於之前發生過代號「紅與黑」這起事件，波波茲好像想避免把藥魚的情報告訴他。然而，悠娜的病情並不允許。

不過，波波茲最後是白擔心了。尼爾看起來過得還算愉快。儘管他嘆著氣說「累死我了」，大部分的時候都是笑著跟我們分享經歷，例如被捲入夫妻間的糾紛、被看守燈塔的老婆婆搞得頭很痛。

還有，他提到有位喜歡釣魚的老人傳授他「釣魚的訣竅」時，也很高興的樣子。雖然白書懷疑「那個老人只是在隨意差遣那小子吧？」。

確實，仔細聽過後，會覺得鍛鍊釣技為何需要跑步和練腹肌。感覺他只是拿修行當藉口，騙走尼爾釣的魚（五隻鯛魚在店裡可不便宜！）。也罷，釣技提升不是壞事。這樣能介紹給他的工作類別就變多了，值得慶幸。收集食材的工作遠比狩獵魔物安全。以後盡量介紹能讓尼爾的釣魚技術派上用場的工作吧。

如上所述，海岸鎮的情況十分和平，不過崖之村那邊有麻煩了。波波茲從不久前開始，就在留意那座村子的動向。本以為是她想太多，這次愛操心的波波茲是對的。

目前似乎還只有一部分的村民有問題行為，但萬一影響到其他人就糟了。雖然關在水塔裡面閉門不出的他們鮮少接觸外界，居民之間也不常有交流，這個可能性應該不高。

然而，出入崖之村的人屈指可數，難以收集情報。崖之村地處偏僻，郵差也不太喜歡去，所以這也是無可奈何。可是我們藉由頻繁地與村長通信，迫使郵差不得不去崖之村送信。

總而言之，加強監視崖之村乃當務之急。也該考慮介紹一些工作，派尼爾過去。這次同樣寫得有點長，近況報告到此結束。完畢。

（記錄者・迪瓦茲）

NieR:RepliCant
ver.1.22474487139...
《型態計畫回想錄》
File01

少年之章 5

1

從村子的東門來到村外，往跟石之神殿相反的方向於東街道前進，會進入沙漠地帶。尼爾知道那裡是目所能及之處都被沙子覆蓋的大地。他聽來到村子的行商說過，印象中波波菈也跟他提過。

不過，他還是第一次親自前往沙漠。腳會陷進沙子，很難走路，細沙還會跑進鞋子裡，感覺不太舒服。強風迎面吹來的時候，眼睛根本睜不開。

「書頁進沙了……呸！呸！」

看見白書像在吐口水般的動作，尼爾不禁懷疑「書頁真的會進沙嗎？」但他決定不去深究。尼爾自己覺得好像連嘴巴都跑進細沙了，不太想開口。

凱寧將尼爾和白書晾在一旁，熟練地前進。她說她穿越過好幾次沙漠。

「凱寧，『面具城』是什麼樣的地方啊？」

這次尼爾他們之所以要穿越沙漠，是因為凱寧的提議。向她坦承悠娜罹患黑文病後，凱寧說「有個國家的國王得了黑文病，正在研究治療方法」。

那個國家在沙漠深處，人稱「面具城」。既然全國都在研究，搞不好已經治得好黑文病了。就算只研究到一半，會不會至少能得到治病的線索……

「面具城啊。」

凱寧稍微放慢步調，轉過身，或許是在擔心尼爾有點落後。但就算這樣跟凱寧講，她也只會否認吧。

「我不清楚，總之是個怪地方。」

「妳不也是個怪人嗎？內衣女。」

看來白書決定用「內衣女」稱呼凱寧。尼爾勸他「這樣叫人家太難聽了吧？」白書卻堅持不改口。

然而，凱寧本人不僅一副「隨你怎麼叫」的態度，還用同樣難聽的叫法叫白書「破紙片」。於是，尼爾決定不再管兩人的稱呼。

「那是什麼？」

他在沙塵另一側看見黑影。過沒多久，聽見野獸的吼叫聲。跟狗叫聲很像……在他思考的期間，黑影迅速接近，而且不只一個。

「小心！」

白書大叫道。凱寧跳了起來。尼爾看見的黑影是狼群。凱寧的雙劍殺入狼群之中，尼爾也急忙射出魔法彈。

可是狼群動作很快。攻擊似乎命中了，卻不足以致命。在尼爾心想「『手臂』可能會比子彈好」的時候，遠方的狼嚎乘風而來。

狼群的行動變了。

「牠們……好像打算回去。」

望向狼嚎傳來的方向，岩石上有個黑影。疑似是率領狼群的狼，遠遠望過去都看得出，牠比其他狼大了一圈。

狼群以跟出現時同樣的速度撤退，狼嚎也聽不見了。再怎麼豎耳傾聽，傳入耳中的都只有風聲。

一行人再度朝沙漠深處邁步而出。

「啊啊，嚇我一跳，沒想到會被狼攻擊。」

話雖如此，大部分的野生動物都會攻擊人類。綿羊、山羊、鹿、野豬，儘管不及魔物，同樣足以對人類造成威脅。

「不過沙漠竟然會有狼，真神祕。」

「會嗎？」

「狼原本是住在森林的，從來沒聽過住在沙漠的狼。沙漠沒有生物能給牠們吃，大概是因為某些原因被趕出森林……」

「什麼原因？」

「誰知道呢。」

凱寧快步向前，八成是對狼出現在沙漠的原因毫無興趣。

不久後，尼爾看見一塊傾斜的細長型巨岩靠在岩壁上。另一側是看得出經過人工修整的城牆，那裡應該就是面具城。跟事前聽說的一樣，以大人的腳程，用不著半天即可從尼爾的村子走到面具城。

遠遠看過去會覺得城門跟村子的大門差不多大，走近一看，是更加巨大的門。門前有階梯，兩側各站著一名手拿長槍的守衛，但年齡及性別都無法分辨。他們都戴著把整張臉遮住的大面具，看起來像把黑色盤子直接戴在臉上的奇怪面具。

「面具城……簡單地說，就是『戴面具的人住的城鎮』的意思？」

「好像是這樣。」

兩名守衛突然嚷嚷起來，聽不清楚他們在講什麼，或許是強風所致。只能勉強聽見「凱寧」兩個字。

「凱寧認識他們嗎？」

「不，不認識。」

嘴上這麼說，凱寧卻對他們舉起一隻手。兩名守衛接著對門後大喊。

「以前我在這附近救過被狼攻擊的小孩。在那之後，他們就准我進入這座城鎮。是個願意接納我這種人的奇妙城鎮。」

城門發出聲響開啟，守衛退到兩側。他們走路的時候會發出鈴聲。仔細一看，衣服下襬縫著好幾顆鈴鐺。不只面具，服裝風格也相當獨特。

「踏史（她是） 窩悶（我們的） 恩忍（恩人）！」

「咦？」

剛才是因為被風聲蓋過所以聽不清楚，不過即使走到旁邊，還是不明白他們在講什麼。

「忘記跟你們說，這個國家的語言很特別。我也還沒辦法理解他們的語言。」

「這樣啊……難道小白也聽不懂？」

「我可是偉大的白書。區區一、兩種未知的語言……我很想這麼說，可惜完全聽不懂。」

從他們的動作大概可以猜到，兩位衛兵對凱寧抱持感謝之情。可是也就只猜得到這一點。在這個狀況下，真的能讓這裡的居民告訴他們黑文病的治療方法嗎？即使對方願意，他們有辦法理解嗎？尼爾感到一絲不安。

穿過城門後，眼前是沙粒色的城市。整座城市呈現階梯狀，愈靠近中央地勢愈低。

「國王在裡面的公館，你們自己去吧。」

凱寧扔下這句話，靠著入口旁邊的柱子閉上眼。

「凱寧呢？」

「我嫌麻煩，在這裡等你們。」

的確，要經由這複雜的道路前往城市深處，肯定很麻煩。

「真是……搞不懂妳有沒有派上用場。」

白書咕噥道，尼爾決定先跟他一起在街上逛逛。再度環顧這座城市，會發現比起曲線，直線更加顯眼。到處都有水車在轉動，淡褐色的水路遍布中層及低層區域。

「那該不會是……沙子？」

起初他以為是被沙子弄髒，變成淡褐色的水，仔細一看，是流動的沙。人們乘坐四角形的船，透過流沙運河移動。

「裡面的公館指的是那棟巨大建築物吧。」

「那就是國王公館……」

然而，尼爾不知道前往那裡的路線。由於地勢愈靠中心愈低，要看遍整座城市是很容易沒錯，但道路不僅被流沙運河隔開，各個地方都有狹窄的坡道或樓梯，路線錯綜複雜。儘管構造跟崖之村相去甚遠，讓人頭痛的這一點是一樣的。

而且不只路線複雜，城市的中央部分沒有道路，無法通行。也就是說，若想前往位於深處的國王公館，只能從外圍繞過去，不能直接穿越中央，要繞很遠的一段路。

入口附近有三個小孩在玩。他們戴著錐形面具，跟守衛臉上的盤子形面具不同。尼爾左右張望，其他大人戴的也都是錐形面具。除了守衛，沒看到有人戴盤子形面具。

「你們好。」

尼爾試著跟他們打招呼，孩子們並不怕生，回應了他。不過，還是聽不懂他們在講什麼。

尼爾向另一名女性問好，依然聽不懂她說的話。只能從溫柔的語氣推測應該是善意的言詞。

「人家都願意跟我們說話了，卻一個字都聽不懂。小白，再加點油啦。」

「辦不到。我雖然是價值非凡的優秀書籍，卻不是字典。」

他決定暫時放棄理解居民的語言，前往國王公館。從城門往右轉，沿著外圍行走，剛好來到疑似店家的場所的正上方。商品擺在攤子上，店主則坐在前面，跟村裡的武器店很像。

但那裡並非武器店。店裡賣的是樹葉形的大木板、比守衛的面具更加巨大，看起來很重的金屬圓盤，以及裡面不曉得裝了什麼的壺和袋子。

「全是怪東西。」

極為失禮的感想脫口而出，不過反正這裡的居民聽不懂。照這情況，就算迷路也不能找人問路。

碰到被流沙運河截斷的道路，尼爾會爬下樓梯、跳過運河，搞不清楚方向的話，就爬到外圍俯瞰整座城市……重複這個過程，總算抵達國王公館。

「終於到了！」

「如果聽得懂居民說的話，應該一下就到了。」

轉頭一看，城門就在凹陷的中央區域對面。的確，以這個距離來說，只要知道路線，八成花不了多少時間。

「這座城市真不可思議，居然完全不會戒備明顯是外人的我們。」

尼爾用聽不懂的語言跟他們打招呼的時候，居民都用自然的語氣回應。沒人沉默以對，他也沒聽見半句帶有惡意的話語。

「遠比會把稍有差異的人趕出去的村子好多了。」

才在街上晃了這麼一下，尼爾就感覺到面具城的居民都和藹可親。奇怪歸奇怪，卻不會令人感到不快。

然而，語言之壁實在難以跨越。

「清尼們　該天　栽來。」

「他在說什麼呢……」

「清尼們　該天　栽來。」

在國王公館門口駐守的衛兵，始終只會講這句話。衛兵不知道尼爾他們的來意，自然無法應對。

「繼續待在這也沒意義，回去吧。」

尼爾心想「我們花了那麼多時間才來到這裡耶」，可是除了乖乖照白書的話做，他別無選擇。

2

如他們所料，只要知道路線，確實不會花太多時間，尼爾很快就回到城門。但早點回來並不代表事態會好轉，這讓他更加沮喪。

怎麼辦呢？他低頭走在路上時，有水果滾到面前。尼爾抬起頭，看見一名少女趴在路上。推測是跌倒了，籃子和水果散落一地。

尼爾急忙幫她撿起籃子和水果，扶著少女站身。

「沒事吧？噢，我忘記這邊的人聽不懂。」

少女沒有回答。不過，她不停比手畫腳，試圖藉此表達意思。這副模樣顯然跟其他居民不同。

「發不出聲音嗎……」

所以才會用比手畫腳的。

「雖然這樣講不太好，因為她出不了聲，這女孩似乎能靠肢體語言跟我們溝通。」

經白書這麼一說，少女的肢體語言淺顯易懂。明顯傳達出想要道謝的意思，也看得出她想表達自己沒有受傷。

而且，少女好像大致能理解尼爾他們說的話，搞不好她在面具城以外的地方生活過。

「『謝謝』……嗎？姆？」

白書緊盯著反覆做著同樣動作的少女。

「『你們，遇到困難了，嗎？』」

「對！沒錯！」

尼爾用力點頭，少女又開始做同樣的動作。

「『幫你們……帶路』？妳願意幫我們帶路嗎？」

「謝謝！太好了。趕快去找國王……」

「等一下。」

白書制止尼爾。仔細一看，少女還在比手畫腳。

「『在那之……前，需要……先，介紹，這座城鎮……』」

「介紹？我們只是來見國王的。」

「『不行……因為……戒律有規定。』」

戒律？尼爾想請她解釋這是什麼東西，少女卻停止動作。

「好像是要我們跟著她。」

少女已經跑起步來。不過畢竟是小孩子的腳程，尼爾加快腳步即可跟上。

「戒律是什麼？」

「不知道，她沒解釋那麼多。但八成是非常麻煩的東西。」

少女在兩人竊竊私語時停下腳步。

「『這裡是……道具店。』」

「啊，這我也看得懂。」

少女高興地點頭，接著做出其他動作。

「『在這座城市裡面……店家和住家，都要遵守以下的……戒律。』」

靠肢體語言表達這麼複雜的意思，尼爾無法理解。看得懂的白書果然很厲害。難怪他有那個信心自稱「人類的睿智」。

「『戒律106……不可住在平地上』。所以居民是遵守這條戒律，才住在這種充滿階梯的地方？」

「感覺好不方便。」

光是想到通往國王公館的路途，尼爾就覺得腳痠。這座城市的人每天都要在樓梯和坡道上爬上爬下……

少女沒有回答尼爾的自言自語，跑向前方。下一個目的地不是商店，而是小碼頭。那艘在流沙運河上行駛的四角船，似乎叫「沙船」。

「『戒律11５017，購買物品……前，需搭船參觀城鎮。』」

少女的肢體語言之中，只有「搭船參觀城鎮」這句話尼爾也看得懂。可是這麼做有何意義？買東西前非得搭船的理由又是什麼？他不明白。

總而言之，他跟著少女上船。四角船坐起來比想像中還舒適，而且在流沙運河上行駛得十分順暢。照這個速度來看，轉眼間就能從城門口抵達國王公館吧。

下船後，樹葉形的大木板映入眼簾。是那家尼爾剛才不小心講出「全是怪東西」這種失禮感想的商店。

「什麼什麼？這裡是專賣怪東西的店嗎？」

「沒錯……」

看來尼爾的感想並不失禮，而是事實。

他們就這樣搭乘沙船逛遍城裡的店家，在這段期間聽少女說明「戒律」，在幾乎繞了整座城市時結束少女的「導覽」。

由於花了不少時間，街上的哪個地方有哪些設施，尼爾都掌握清楚了，更重要的是，居民的語言他也多少聽得懂，還得知少女名為菲雅。居民都這樣稱呼她。

導覽結束後，菲雅帶尼爾他們來到國王公館。

（這裡就是國王公館。）

菲雅的肢體語言，他也大多能夠理解。起初他還覺得要跟外人介紹城鎮的「戒律」很麻煩，如今他覺得挺合理的。

（可是……沒有國王。）

什麼意思？尼爾和白書不禁面面相覷。

（前任國王罹患黑文病去世了，現在是由王子在治理國家。）

黑文病嗎……白書喃喃說道。即使以一國之力研究，依然救不了國王。

（這位是王子直屬的副官。與王子有關的情報，這位比較清楚。）

國王公館前面，不知何時多出一名不是衛兵的男人。

「嗯，多虧有妳幫忙介紹，這裡的語言我也大致聽得懂了。我直接去問他。」

尼爾雖然還只聽得懂幾個詞彙，白書已經能夠與居民對話。

「我有事想請教王子殿下。」

白書幫忙將尼爾所說的話轉換成面具城的語言，這樣在面具城就能不受阻礙地跟居民交流了。

（這個……王子目前不方便接見外人。請你們改天再來（清尼們該天栽來）。）

終於聽懂第一次來到這裡時，衛兵說的「清尼們　該天　栽來」是什麼意思了。

聽得懂話是很好，但當初的目的依舊沒有達成。結果國王去世了，也見不到王子。

（對不起。）

菲雅似乎感覺到了尼爾的心情，縮起身子低頭道歉。尼爾急忙搖頭。

「菲雅不需要道歉。先回凱寧那邊吧。」

他們再度搭乘沙船，回到城門口。菲雅也跟著來了。原本只有拜託她帶路到國王公館，看來她還打算為他們送行。

尼爾走下沙船，衝上樓梯。離抵達面具城過了不少時間，凱寧說不定已經等到不耐煩。

「凱寧！久等了！」

雙臂環胸，靠在柱子上的凱寧睜開眼睛，用跟平常一樣的冷淡語氣詢問「事情辦完了嗎？」輕輕伸了個懶腰。

「嗯，我們遇到一個親切的小女孩。」

「小女孩？」

「對。妳看，在那裡……」

轉頭一看，菲雅正在往這邊跑過來。她邊跑邊激動地比手畫腳，試圖傳達什麼。不曉得是出於驚訝還是驚慌，手腳擺動得這麼快，怎麼看都像在劇烈掙扎。

「什麼？她是以前救過妳的人？」

白書看懂她的肢體語言，菲雅用力點頭。

「凱寧嗎？對喔，她曾經救過被狼攻擊的小孩……原來是菲雅。」

「這個粗野又愛吃的內衣女，竟然真的會救人。」

白書還是老樣子，提到凱寧話就特別多。凱寧板著臉說「事情辦完就走吧」，準備轉身離去。

這時，一名男子驚慌失措地跑過來。戴著那個形似盤子的面具。是這座城鎮的士兵。往旁邊一看，城門旁還有其他士兵。現在尼爾也聽得懂，他們在嚷嚷「糟糕了」。

（王子失蹤了。）

（咦咦!?）

（必須遵守絕對要保護王子的戒律，快點去找他！）

（可是……王子是在沙之神殿失蹤的。）

（咦咦!?那不就違反「戒律５０５２７王族以外的人禁止進入神殿」了嗎！）

（可是，現在這個狀況……）

（但戒律規定……唔唔唔唔姆。）

（可是，姆……）

想救王子，戒律也規定必須去救他，王子失蹤的地點沙之神殿，卻又被戒律禁止進入──的樣子。

尼爾從菲雅所說的話中，感受到「戒律」對面具城的居民而言有多麼重要。戒律多不勝數，這個月達到了十二萬四千多條，至今仍在增加。制定了這麼多條，八成會存在可能互相矛盾的戒律，某些情況下，戒律還會觸犯戒律吧。

「幹麼要制定給自己造成困擾的戒律。」

「他們有他們的生活方式，辦完事的外人就快回去。」

「不過……」

就這樣回去好嗎？那些士兵看起來是真心不知所措。他們面面相覷，抱著胳膊沉吟。

這個城市的居民，完全沒有冷落言語不通的外人。聽得懂他們的語言後，尼爾知道這些人勤奮又親切。明知他們遇到麻煩卻坐視不管，他心裡過意不去……

菲雅走到士兵面前，用力擺動四肢。

（我去救王子！）

感覺得到士兵在面具底下倒抽一口氣。然而，他們馬上同時搖頭。

（不行。）

（不可以。）

菲雅做出跺腳的動作。

（戒律算什麼啊！）

她氣得彷彿要立刻飛奔而出，尼爾急忙介入士兵和菲雅之間。

「小白，幫我跟他們說『與戒律無關的外人，去哪裡都沒關係對吧？』」

「唉呀呀。太好囉，有個愛惹麻煩上身的外人。」

白書將尼爾的話如實傳達，面具士兵卻依然抱著胳膊。似乎是在煩惱雖然不違反戒律，把救出王子的任務全權交給外人是否不太恰當。真是一本正經。這時，凱寧開口說道：

「我也去。」

士兵們驚訝地望向她。

「戒律1024……是嗎？要實現對我等有恩的客人的所有願望。對不對？」

凱寧看了菲雅一眼。尼爾知道，凱寧總是把「救人這種事我不幹」掛在嘴邊，卻無法對遇到麻煩和危險的人置之不理。從他第一次去崖之村，凱寧從巨大魔物手下保護他的那時候起。

「受不了……一個個都這副德行。」

白晝還抱怨得不夠，但他看起來沒有要反對的意思。

3

通往沙之神殿的路程，由菲雅為他們帶路。她說不熟悉沙漠的人無法通過沙塵暴，再次自願擔任嚮導。

（我只能走到這裡。）

用形狀統一的石頭蓋成的入口，位於岩山的山腳。乍看之下只是把洞窟的入口加以整修，不過內部應該是當成神殿在使用。

「謝謝。要是沒有妳，我們一定沒辦法通過沙塵暴。」

（請救救王子。）

「嗯，妳放心。」

菲雅深深一鞠躬，尼爾一行人將她留在外面，走向神殿的入口。

神殿的入口沒有門，不費吹灰之力即可進入內部，甚至會讓人覺得疏於戒備。然而實際進到裡面會發現，完全沒有這回事。尼爾他們一踏進其中，入口就被魔力封鎖住。推測是用來懲罰侵入神殿的小偷的機關。

而且不只神殿入口有魔力機關，內部的每扇門都用相同的魔力封印住。

只有一扇門是開著的，可是走進去後同樣啟動了封印，無法離開。天花板很高，在寬敞的房間中，有好幾個會射出魔法彈的箱子，僅僅是在裡面行走都有困難。只要避開魔法彈，破壞「發光的箱子」，即可解除封印，這裡卻也設有棘手的「戒律」……

「不曉得面具城的王子是怎樣的人。」

終於破壞掉「發光的箱子」的下一刻，尼爾忍不住這麼問。雖說王族可以進入，尼爾親身體會到這個地方有多麻煩。怎麼想都不覺得有人會想來這裡。王子有何目的？說起來，他是什麼樣的人？

「本來應該要保護人民的人，反而害人民為他操心喔？這還用問嗎？是個無能的白痴。」

（你說什麼！）

哦？尼爾心生疑惑。好像聽見其他人的聲音。

「小白，你有聽見剛才的聲音吧？」

還沒問出口，「是誰啊」這個問題就得到解答，疑似聲音來源的小孩跳了出來。

（無禮之徒！給我在那站好！）

纖細雙腿從下襬寬大的衣服底下伸出，裸露出來的上臂也很細。服裝風格與面具城的居民接近，面具卻不知為何歪向旁邊，整張臉一覽無遺。他跳到眼前的時候，從身高來看，尼爾推測對方應該是比自己小的小孩，這下性別也知道了。

「小子，你打哪來的？」

白書開口詢問，少年氣得臉都紅了，怒吼道：

（竟敢叫我小子!?我可是『面具族』第九十三代王子！）

「咦？王子原來是這麼小的小孩。」

少年的語氣變得更加激動。

（是小孩有錯嗎！）

他的怒吼聲經由高處的天花板反射，傳遍室內的瞬間，「箱子」憑空冒出，形狀、大小跟會發射魔法彈的箱子差不多。那個箱子移動到王子的正上方。

（再說，你不也是小孩……啊！）

一道白光從箱子的下方照在王子身上，王子的全身被白光包覆住。

（這什麼東西!?可惡！）

箱子飄向高空，籠罩白光的王子也跟著浮起來。看來那道光會抓住照到的對象……在尼爾思考的期間，箱子就這樣飛走了。

他們來神殿的目的原本就是救出王子。明明這麼快就找到目標，王子卻當著他們的面被帶走。

「要去救他才行……對吧？」

「我倒想乾脆當沒看見。」

白書咕噥道。

回走道一看，對面那扇緊閉的門扉打開了。若想前進，似乎得解除每個房間的機關。

「唉，又來了……」

踏入對面的房間，門立刻跟剛才一樣遭到封印。白書不耐煩地嘆氣，在第一個房間聽見的神祕聲音響徹室內。

（這個房間禁止下列行為。）

是告知在這個房間的「戒律」的聲音，這應該也是跟門上的封印同時啟動的機關之一。

「禁止佇立之梟……難道是不能站在原地的意思？」

第一個房間禁止的是「跳躍之兔」。破壞「發光的箱子」時，尼爾的腳不小心太用力，離開了地板一下，結果瞬間被魔力傳送回入口，理應已經破壞掉的「發光的箱子」也恢復原狀。

「混帳東西！誰管它啊！」

凱寧的怒吼聲響徹四周。她大概是氣昏頭了，想使用魔法，腳步停了下來。尼爾心想「糟糕」，可惜為時已晚。帶走王子的箱子再度出現，從凱寧頭上照射白光。

「這什麼鬼！可惡！放開！給我放開！」

箱子把凱寧吊在空中，飄到天花板附近飛走了。剛才尼爾不小心違反戒律的時候，只是被傳送回入口。看來大聲怒罵或擺出反抗的態度，會被帶到其他地方。

「要找的人又多了一個。」

「……嗯。」

在搜索王子和凱寧前，得先解除這個房間的機關。尼爾留意著不能停下腳步，破壞會發射魔法彈的箱子，接近「發光的箱子」。

下一個房間禁止的是「奔馳之狼」、「放魔之蝠」。必須在不奔跑、不使用魔法的情況下避開魔法彈，破壞「發光的箱子」。

「麻煩的戒律一個接一個。」

「噓——！」

尼爾連忙制止白書。

「亂講話會完蛋喔。」

萬一連白書都被帶走，就無計可施了。憑尼爾自己一個人的力量，不可能解除得了這邊的機關。白書應該也很清楚，悶悶不樂地閉上嘴巴。

他們安靜地解除機關，進入其他房間，繼續解除機關，重複這個過程。通往外面的走道的門打開時，尼爾和白書都疲憊不堪。除了身體上的疲勞，精神上的疲勞更加嚴重。

「我判斷那些傢伙熱愛『戒律』。」

「對啊。不過，何必制定這麼複雜的戒律……」

「『戒律不是壞東西』這個看法，我難以贊同。」

那是菲雅的見解。菲雅帶他們參觀城鎮時，對被戒律搞到不耐煩的尼爾跟白書這麼說。她說曾經有個人告訴她，「戒律不是用來限制，而是為了瞭解自由而存在」。

確實，像現在這樣走在沒有「戒律」的道路上，心情十分愉快。雖然可能是因為頭上不是石製的天花板，而是萬里無雲的晴空。

室外的通道跟石之神殿那種破木板做的路不同，是用石頭堆成的堅固道路。不過，各處都看得到裂痕或缺損的痕跡。八成是因為王族以外的人禁止進入，沒辦法修補，只得放置不管。

尼爾盡情在不受戒律限制的道路上奔跑，打開前方的門，後面是一個大廳。比剛才那幾個房間大上好幾倍。但牆壁嚴重崩塌，大廳中央有個又大又深的坑洞。抬頭一看，坑洞正上方的天花板也開了一個大洞，像是有什麼巨大的物體從天而降的痕跡。

「一看就覺得這個地方很可疑。」

背後的門關閉了，彷彿在等待白書碎碎念。可是跟其他房間比起來，這扇門的封印更加牢固。這個大廳果然比較特殊。

「啊，那是！」

天花板附近飄著一個箱子，從下方射出熟悉的白光。身在光芒中心的，是面具王子。

「那個囉嗦的小孩嗎？」

箱子緩緩往巨大坑洞的底部下降。尼爾心想「得趕快去救他」，衝到坑洞邊緣，急忙停下腳步。箱子從大洞冒出。不只一、兩個。無數個在前面的房間發射魔法彈攻擊他的箱子成群飛出。

不久後，那些箱子排列成環狀，疊成好幾層的圓環開始高速旋轉。

「想救王子的話，得先解決那東西。」

「不過沒有戒律，我們就能拿出實力。」

「嗯，可以大顯身手囉！」

禁止奔跑、禁止停留在原地、禁止使用魔法、禁止揮劍攻擊……之前害他們綁手綁腳的「戒律」，如今悄聲無息。攻擊和防禦都不受限制。尼爾誠心體會到，戒律確實是為了瞭解自由而存在。

旋轉的圓環到處都有那個「發光的箱子」。是不是代表這個大廳的機關，只要破壞「發光的箱子」即可解除？

尼爾連續發射魔法彈及長槍，著手破壞「發光的箱子」。他懂得要領。跟之前的差異在於該破壞的箱子比較多，以及攻擊更加激烈。僅此而已。

「小事一樁。」

從高速旋轉的圓環中擊落「發光的箱子」後，圓環隨之崩解、消失。門上的封印卻沒有要解除的跡象。還沒結束。尼爾拿著劍靜觀其變。

不出所料，大洞底部又冒出一堆箱子。數量比剛才組成會旋轉的圓環的箱子更多。無數的箱子再度聚集在一起，這次構成人形，是一尊高度足以撞破天花板的箱子巨人。

「竟然是由箱子構成的，奇怪的傢伙。」

「我覺得小白也挺神奇的。」

巨人揮下手臂。手臂前端，相當於人類拳頭的部分在發光。「發光的箱子」做成的拳頭直接擊中地板，碎掉的鋪路石朝四方飛散。硬到能砸碎石頭，表示比之前那些「發光的箱子」更難破壞。

事實上，尼爾試著用魔法攻擊了好幾次，巨人都毫不畏懼，繼續揮下拳頭。

「好硬的身體……」

在他束手無策，只能四處逃竄時。

「混帳東西！你這天殺的╳※○△☆！」

上方傳來熟悉的聲音。尼爾聽不懂的怒罵——白書說「小孩子不用懂」的話，無疑出自凱寧之口。

「看我把你們通通砸得稀巴爛！給我待在那別動——！」

天花板附近有個洞。凱寧拿著劍站在那怒吼。這個大廳沒有「戒律」。凱寧再怎麼罵，那個會射出白光的箱子都沒有出現。

她跳了下來。以超出常人的跳躍力降落在巨人肩上，揮劍橫掃。這一劍直接命中巨人的頭部，一口氣轟飛數十個箱子。

巨人的拳頭遠離尼爾他們，接近凱寧。

「凱寧！危險！」

凱寧再度跳躍。從巨人的拳頭底下鑽過去，降落在尼爾旁邊。

「妳沒事啊。妳怎麼過來的？」

「不知道。我大鬧了一場，然後就從那個洞出來了。」

這隨便的作風很符合她的個性。不過她看起來毫髮無傷，還順利跟他們會合。凱寧的做法是正確的。

「幹得好，內褲女！」

「閉嘴！」

凱寧煩躁地吼道，白書卻完全沒有放在心上。

「優先破壞發光的箱子，這樣這座神殿的機關就會停止運作。」

「管你什麼優先不優先的！全破壞掉就行了！」

話才剛說完，凱寧的劍就將好幾個箱子一同擊飛。儘管沒辦法跟凱寧一樣豪邁，尼爾也射出所有的魔法彈及長槍。

無法維持人形的箱子群，持續射出魔法球體。在崖之村的時候，人形魔物也會射出同樣的球體，外形十分相似。不過箱子射出的數量較多，速度感覺也快了些。

尼爾用白書的魔法吸收球體，反彈給敵人。吸收敵人的魔法，將其化為自身的攻擊手段，是從廢鐵山的機器身上獲得的「被封印的話語」的魔法。對於用魔法攻擊的敵人極為有效。

不只在廢鐵山獲得的魔法，在崖之村學會的魔法和在石之神殿學會的第一個魔法，尼爾全都拿出來用了。尼爾和白書奮戰的同時，凱寧也看到箱子就砍……不曉得過了多久，箱子總算通通掉進大洞，大廳靜寂無聲。

「對了，要去救王子。」

抓住王子的箱子，剛才降落到這個洞的底部。已經沒有箱子會來妨礙，必須盡早救出王子。

「希望他沒受傷。」

尼爾跑到洞穴邊緣時，王子正好現身，彷彿在說他白擔心了。王子似乎是自己爬上來的。

「太好了。王子，一起回去——」

尼爾話才講到一半，就被王子打斷。

（有了！就是這個！）

王子衝向大廳的一角，從瓦礫堆中撿起東西，開心地舉起來。是一個長耳朵的面具。

4

打倒箱子巨人後，神殿的機關似乎全數解除了，回程只需要沿路直走即可。入口的封印當然也解除了。可是王子一直不怎麼說話，完全沒有解釋他為何踏進危險的神殿。

尼爾隱約猜到他的目的是那個長耳面具，但最重要的「原因」依然是個謎。

回到城鎮後，這個疑問才得到解答。

（王子！）

在國王公館前等候的，是面具副官。不只副官，其他士兵也在。不用想都知道，他們在面具底下露出安心的表情。

（您明白自己是什麼身分嗎！）

面具副官好像還身兼王子的教師，王子將那個面具遞給準備狠狠訓他一頓的副官。

（那是……王家的面具！）

站在旁邊的士兵們也騷動起來。不僅名為「王家的面具」，再加上他們的反應，那個面具顯然是非常重要的東西。

（國王……去世後，年幼的我無法彌補跟其他地方的文化差異，連貿易行為都受到阻礙。缺水又缺糧食，人民臉上失去笑容。）

尼爾現在才知道，原來這裡的居民過得並不好。參觀城市的期間，他沒聽見有人咳聲嘆氣，也沒看到有人無力地坐在地上。在他眼中，每個人都過著安穩又勤勞的生活。更重要的是，他們的臉孔都藏在面具之下。

然而，王子看見了人民的表情。他知道面具底下的笑容消失了。

（這個面具是國王的證明。只要有它在，別人對我和我國的看法就會改變，能夠讓國家重新繁榮。）

（王子……）

王子獨自踏進危險的神殿，全是為了人民。

（……這樣，我就能成為國王了嗎？）

（那當然。王子……不，國王啊。）

副官跪在新的國王面前，其他士兵也紛紛下跪。原來如此，「王家的面具」是擁有為人民冒險的勇氣及覺悟之人的證明。

稚氣尚存的臉龐，綻放驕傲的笑容。

下落不明的王子回來了，面具城誕生新的國王。人民欣喜若狂。可是，關於尼爾來到這座城市的目的——黑文病的治療方法，仍然一無所獲。

人民為了病倒的前任國王想盡辦法，從遙遠的國家買來各式各樣的藥，試過各種治療方式。儘管如此，國王還是沒有痊癒。即使「面具族」如此勤奮，依舊無法讓黑文病變成「治得好的疾病」。

不過，來這一趟也不是沒有好事。尼爾從那隻箱子巨人身上，獲得「被封印的話語」。這樣就扯平了——不對，是前進了一步。就算不知道治療方式，只要一步步收集「被封印的話語」，應該就治得好黑文病……

國王、副官、士兵及菲雅，目送一行人搭上國王公館前的沙船。雖然只是短時間的交流，尼爾對這座城市的居民，對「面具族」抱持著好感。

（那、那個！）

乘上沙船後，有人叫住了他。

（你們……可以再過來玩嗎？下次以朋友的身分。）

戰戰兢兢的模樣，不是「王子」也不是「新王」，而是一名平凡的少年。

「當然！」

尼爾帶著滿面笑容回答。面具國王開心地笑了。他心想，總有一天，想帶治好病的悠娜來這座城市。

5

作了一個夢。夢裡有一名陌生的少年，銀髮隨風飄逸，清澈的眼眸很美。

聽見風聲，聽見鳥鳴，可是，唯有少年的聲音聽不見。少年的嘴唇不停開合，大概是想傳達什麼。總覺得非得讀懂這句話，努力看著他的嘴型。

第一個字是「ㄅㄟ」，第二個字是「ㄈㄥ」，接下來是「ㄧㄣ」，然後是

「˙ㄉㄜ」。少年說的是「ㄅㄟˋ ㄈㄥ ㄧㄣˋ ˙ㄉㄜ ㄏㄨㄚˋ ㄩˇ」。被封印的話語。

少年的嘴型變了。夢。以及神話森林。神話森林？

尼爾突然醒來。或許是因為睡意瞬間消散的關係，關於夢境的記憶十分鮮明。陌生的少年和被封印的話語。在夢中提到「夢」，還提到「神話森林」這個從未聽過的地方。

夢裡出現被封印的話語，他還能理解。因為他一天到晚都在急著尋找被封印的話語。但那名少年呢？「神話森林」呢？想不通。

「怎麼了？哥哥身體也會痛嗎？」

或許是因為他連吃飯的時候都在想事情，悠娜擔心地看過來。前陣子有一段時間特別嚴重的病情，最近穩定下來了。雖說沒有完全治好，止痛藥又開始發揮藥效了。

吃飯的地點也從床上移動到餐桌，甚至還能像這樣關心他，值得高興。尼爾微笑著回答：

「沒事。只是作了奇怪的夢。」

「夢？」

「放心，妳不必在意。」

「悠娜也有作夢。」

尼爾詢問是什麼樣的夢，悠娜高興地回答：「玩遊戲的夢。」
「跟誰玩遊戲？」
「一個男生。我們在玩猜他說什麼的遊戲。」
「猜他說什麼？」
「嗯，看他的嘴巴，猜他在說什麼。好難喔。」
看嘴巴猜他在說什麼？尼爾心跳加速。
「那個男生說什麼？」
「嗯——好像是『夢』和『神話森林』。」
夢和神話森林。心臟劇烈跳動。是一樣的。跟自己的夢一樣。
「剩下的太難了，悠娜看不懂。不過，悠娜要好好念書，下次絕對要猜中。」
悠娜似乎還說了「哥哥也要陪悠娜玩遊戲喔」之類的話，尼爾卻不小心回答得很敷衍。他無心顧及那些。

愈想愈覺得真是個奇妙的夢。他們在同一晚作了同樣的夢。究竟有什麼含義？去問波波菈的話能得到解答嗎？她會不會覺得只不過是個夢，一笑置之？還是會有其他反應？

尼爾猶豫著該不該問這個問題，前往圖書館，波波菈帶著前所未有的凝重神情坐在桌前。

「波波菈小姐，妳怎麼了？」

明明有先敲門再進來，波波菈也確實應了聲，聽見尼爾的聲音，她卻嚇了一跳。表示她心不在焉。

「其實……我收到這樣的一封信。」

波波菈將攤開於桌上的信，拿給尼爾跟白書看。

『一直以來承蒙您的照顧。有件事想跟您商量。

其實最近村裡的人一直在作夢夢夢夢夢夢夢夢夢夢夢夢惡夢夢夢夢夢夢夢夢夢夢夢夢夢夢夢夢夢夢夢夢夢夢夢夢夢夢夢夢夢夢啊夢夢夢夢夢夢夢夢夢夢夢虛夢夢夢夢夢夢咒夢夢夢夢夢夢夢夢夢夢夢夢夢夢夢夢夢夢夢夢夢夢夢夢夢夢夢夢夢夢夢夢夢夢夢夢是夢夢夢夢夢夢夢夢夢夢夢夢夢夢夢夢夢夢話語夢夢夢夢夢夢夢夢夢夢夢夢夢夢夢夢夢夢夢夢夢夢夢夢夢誰夢夢夢夢夢夢夢夢夢。』

信紙上寫滿「夢」字，一點意義都沒有。看著信的白書飄走了，彷彿在表示不想再看下去。

「好詭異的信。」

尼爾也這麼認為。是誰寄這種信過來的？波波菈的回答出乎意料。

「是北方一個叫『神話森林』的地方的村長寄來的。」

「神話……森林？」

尼爾最先驚訝的是，原來那是實際存在的地名。接著驚訝的是自己還沒開口，就從波波菈口中聽見那個名字。而且，來自「神話森林」的信上寫滿「夢」字。

夢。那名銀髮少年確實是這樣說的……在悠娜的夢裡也是。

「那裡的居民都開朗又愛聊天，應該沒人會寄這種像在惡作劇的信。」

真令人不安。波波菈再度皺眉。

「我去看看好了。」

「咦？可是……」

「不會有事的，妳別擔心。」

尼爾刻意不提及他們作的夢。如果告訴她，波波菈八成會更擔心，搞不好還會阻止他前往神話森林。

「我也有件事想要調查。」

「這樣呀，那就好。」

「神話森林在北邊是嗎？」

「嗯，過了北方平原的橋再往北邊走。」

波波菈按照慣例，幫忙將位置標在地圖上。

「麻煩你了。」

尼爾跟平常一樣回答「交給我吧」，對於沒跟波波菈說明自己作的夢，感到有點愧疚。

6

在被岩山包圍的道路上前進一段時間，即可抵達神話森林的入口。回過神時，頭上是長滿綠葉的樹枝，遮蔽陽光。尼爾想起以前在濃霧頻頻的地方，被大群魔物包圍過。這裡雖然沒有濃霧，昏暗的光線和冰冷的空氣，跟那塊山岳地區很像。

「凱寧……還是不進去嗎？」

「對，我在這裡等。」

不知為何，凱寧不肯進入村子或城市。去海岸鎮的時候也一樣，她總是在城門外跟尼爾會合。只有去面具城時踏進了城內，但她並未走到街上。

尼爾想邀她到家裡作客，雖然只是點粗茶淡飯，還是想請她吃頓飯，介紹她給悠娜認識。然而，白書勸他「別勉強人家」，尼爾只得放棄。

「那我走了。」

「嗯。」

凱寧簡短回答，靠到旁邊的大樹上。些微的震動震得枝葉沙沙作響。

「好安靜的地方。」

安靜到樹葉的摩擦聲都聽得一清二楚。有這麼多樹，照理說應該聽得見小鳥的叫聲，就算沒有鳥，至少也會聽見蟲子叫。不，不是完全聽不見，但鳥鳴和蟲鳴都有種刻意壓低音量的感覺。

「這村子好陰沉，反正八成不會發生什麼好事。」

尼爾急得豎起食指放在嘴唇前面。這個地方安靜得連他們的腳步聲都嫌吵，白書說的話，村裡肯定聽得一清二楚。

「小白講話要多注意一點。」

他不想招惹即將見面的村民的反感。被人怒罵「外人給我滾回去」這種待遇，在崖之村就受夠了……

但這裡連半句輕聲細語都聽不見，更遑論怒罵聲。村裡光線嚴重不足，發光的蟲子靜靜在空中飛舞。尼爾下意識放輕腳步行走。

村裡隨處可見驚人的巨樹，每棵樹上面都有一扇門。跟崖之村的居民住在水塔裡一樣，神話森林的居民似乎住在巨樹的樹洞裡。

村裡沒有鋪路，許多地方的草都被踩扁了，或者露出底下的泥土。那就是這座村子的「道路」吧。可是，看不見走在路上的行人，有點毛骨悚然。

「啊，那裡有人……」

一名女性站在有門的巨樹前。是住在那棟「房子」的人嗎？不過她面無表情。眼睛是睜開的，卻兩眼無神，尼爾走到旁邊也毫無反應。

「你好。」

跟她打招呼也沒回答。

「請問？」

尼爾探頭看著她的臉，還是一樣沒有反應。

「喂，那裡也有村民。」

尼爾往白書所說的地方走過去，這次是一名年輕男子。跟剛才那位女性一樣，靠近他跟他搭話，依然沒有反應。

「『那裡的居民都開朗又愛聊天』嗎……」

看來白書想起波波菈說的話了。尼爾也在想同樣的事，跟波波菈說的未免差太多了。

「那個人就是村長嗎？」

一名老人坐在樹樁上。走近一看，他的眼睛好像稍微動了一下，與其他村民的反應有些許差異。

「呃——你好？」

令人驚訝的是，老人的嘴巴緩緩動了。

「……話……語……………小心……話……語。」

「話語？什麼東西？」

跟其他村人一樣，老人也面無表情，只看得出他努力想傳達什麼。

「會傳染的……話語……作……夢的……人……」

「『作……夢的……人』？作夢的人？」

說出這句話的瞬間，尼爾覺得不太對勁。是從未有過的奇妙感覺。

「這種奇怪的感覺……是什麼？」

白書一副搞不清楚狀況的模樣。

白書：竟然說我「搞不清楚狀況」，沒禮貌！

尼爾：怎麼回事？聲音……變成文字了!?

眼前的村民晃動身體，慢慢睜開眼睛。

白書：唉，問這傢伙最快吧。

尼爾：小白的聲音也變成文字了，好奇怪。

村長：……你們是？

尼爾：這個人果然是村長……

尼爾：我們聽說這個村子發生異狀，過來看看情況。

村長：有辦法跟我說話，代表你們也被捲入夢中了呢。

尼爾：夢？

村民回答。名為「死之夢」的神祕疾病，在這一個月左右的期間於「神話之森」擴散。那是一種一旦睡著就會持續作夢，再也醒不來的怪病。在查明它是以話語為媒介傳染的特殊疾病時，村長自己也病倒了。

白書：意思是，我們被捲進了你的夢中嗎？

村長：是的……恐怕沒錯。

白書：怎麼可能！在什麼時候？怎麼辦到的？我不覺得自己有睡著。

村長：「死之夢」就是那樣的疾病。你們在這個村子跟人說了什麼嗎？

其中應該有進入夢境的契機。

村長如此斷言，尼爾和白書試圖回憶，卻想不起來。沒想到他們會被迫親身體會到，自己平常說話的時候有多麼不注意，自顧自地傾吐自己想說的話，卻把其他人的話當成耳邊風。

白書：真是抱歉啊，我平常都在隨便講話！

白書低聲說道，似乎被惹怒了。

白書：不是「似乎」，確實被惹怒了！毫無疑問！

尼爾：啊，「傳染」……

白書：傳染怎麼了？

尼爾：我記得村長跟我們說過，「小心會傳染的話語」對不對？

村長：那是什麼話語？

尼爾：我想想，作夢……作夢……作夢的什麼？

尼爾：是人！作夢的人！

尼爾大叫道，村長從懷裡拿出一疊紙翻閱，點點頭。

村長：就是那個！以前也有接獲同樣的報告。你們應該是在聽見那個詞的瞬間罹患死之病，就這樣睡著了。

村長用剩下短短一截的鉛筆振筆疾書，歪過頭。

村長：第一次看見進入他人夢境的病例。我一直將查明這個難治疾病的起因視為當務之急，努力收集病例，從來沒遇過這種情況……

白書：作夢都在研究疾病的熱情是值得稱讚沒錯，但你不是該先尋找從夢中醒來的方法嗎？

村長：我嘗試過了。可是，這裡終究是我的夢。我不知道要如何醒來。所以就算我在夢中搜遍每個角落，也不可能找得到辦法。除了收集病例，我還能做什麼？什麼都做不到……

尼爾對走投無路的村長點了下頭。

尼爾：咦？我沒有點頭啊？

「如果有幫得上忙的地方，我們什麼都願意做。」

尼爾：咦咦咦!?我才沒有說這句話！

白書：安靜！

白書喝斥道，看著尼爾跟村長。他似乎想通了什麼。

白書：沒錯，我想通了。既然是在自己的夢中，不可能出現自己不知道的東西。但事實上呢？你認識我們嗎？

村長：不！不認識！

白書：我曾經聽過，人類的夢是無限的。從夢中醒來的方法，肯定藏在這個夢、這座森林的某處。我們來替你找到它。

村長：喔喔！太感謝了！

白書：不必謝。我們也一樣想從夢中醒來。

村長目送尼爾他們深入瀰漫濃霧的森林，感到強烈的既視感。我以前也目送他們離開過。不過，到底是在哪裡？

另一方面，尼爾腳步沉重。森林被濃霧籠罩，視野不佳。地上長滿苔蘚，走路的時候還會腳滑。青翠樹木吐出的新鮮空氣，也在不知不覺間變成刺鼻的草腥味。

尼爾：話說回來，這座森林好大喔……

下一刻，蟲子同時開始鳴叫。像在刮金屬的聲音、銀鈴般的聲音，從刺耳的聲音到悅耳的聲音，所有的昆蟲都在鳴叫。驚人的音量使尼爾不禁摀住耳朵。

尼爾：怎麼了!?發生什麼事!?

白書好像在說些什麼，但他聽不見。耳鳴得厲害。

尼爾：這是……話語？

回過神時，蟲鳴通通代換成了「文字」。尼爾仔細觀察，發現那些文字之間全部參雜著其他「聲音」。蟲鳴變成「文字」，再變成「話語」。

〈一個人不夠，兩個人剛好，三個人沒得玩的是什麼？〉

白書：謎語嗎？

尼爾：誰知道呢？感覺是事先設計好的發展。答對的話就能知道醒過來的方法？

尼爾在白書的催促下回答。

尼爾：一個人不夠，兩個人剛好，三個人沒得玩的，是「祕密」吧？

蟲鳴戛然而止，跟開始鳴叫時一樣突然。眼前的青草接連倒下，在森林裡讓出一條路。尼爾在安排好的道路上前進。走了一會兒，這次出現一汪四方形的清泉。

尼爾：看不出異狀……

他試著撿起腳邊的木片扔進去。白書驚呼出聲。不能怪他。於水面擴散的漣漪演奏出美麗的旋律，變成文字。

〈從窗戶闖入房間，卻沒撞碎玻璃，到了傍晚就會離開的東西是？〉

白書：又來了。

尼爾：答案是「陽光」吧？

泉水噴向高空。從枝葉縫隙間灑落的陽光，照在細碎的水珠上，架起一道虹橋。

白書：好美。

尼爾：小白！你看！那裡！

尼爾指著的地方，有一棟小屋。會有人住在森林深處嗎？他納悶地走過去，小屋的門開了。從中走出的，是一名用斗篷罩住全身的男子。看不見他的臉。男子制止正準備開口的尼爾，說：

〈起初有四隻腳。接著是兩隻腳。最後是三隻腳。這是什麼東西？〉

你是誰？為何會在這裡？問什麼問題男人都不回答，只會重複同樣的謎語。

白書：看來想跟他對話，得先回答謎語再說。

尼爾：果然是這樣嗎？起初有四隻腳，接著是兩隻腳，最後是三隻腳。是「人類」？

濃霧散去，斗篷底下的臉帶著微笑。男子說道「答對了」，脫下斗篷。

尼爾：村長!?

聽見尼爾這樣叫他，男子搖搖頭，回答「我不是你認識的村長」。男子接著說：「我看過不是你的你。在很久以前……」

尼爾：什麼意思？

神祕男子：總而言之，恭喜你。封印解除。是時候醒來了。回去吧。你們在找的男人，在森林入口等候。

男子留下這句話，轉身離去。門關上的同時，濃霧再度瀰漫四周，遮蔽那棟小屋。跟昆蟲的合唱和四方形泉水一樣，消失不見。就算再次進入森林，應該也不會遇到第二次。

村長：你們回來了！

如男子所說，村長坐在森林入口附近的樹樁上。

尼爾：我們解除死之夢的封印了。

村長臉上綻放笑容。接著，三人墜入夢鄉。

尼爾：「墜入夢鄉」？沒人睡著啊？而且怎麼突然冒出這句話，好奇怪喔？

白書：別管那麼多，快睡！快點！

在白書的催促下，村長和尼爾躺到草地上。白書語帶責備地說明。

白書：你忘了嗎？支配死之夢的世界的是「文章」。即使覺得不對勁，出現在裡面的文章就是絕對的。所以，我們會睡著。一定睡得著。

片刻過後，睡意真的襲向三人。

村長：被關進夢裡後，我明明從來沒睡……著……過……

不知道睡了多久。三人跟睡著的時候一樣，於草地上醒來。濃霧四起，鳥鳴高亢，綠意盎然。乍看之下沒有任何變化，但他們確實從夢中醒來了。

尼爾：「從夢中醒來了」。太好了。

村長：真的謝謝你們。感激不盡。對了，得向樹木祈禱。

尼爾：向樹木祈禱？

村長：向村子深處的巨樹祈禱這場災厄盡快平息，那棵樹是見證村子歷史的神聖樹木。

白書：結果要跑去求神啊。

村長：不，不是神，是話語。自古相傳，「被封印的話語」沉睡在巨樹之中。

尼爾和白書不禁面面相覷。在意想不到的地方找到了目標。幫助他人反而為自己帶來利益。

白書：真是……「夢」一般的發展。

尼爾在與村長道別前，跟他提到和村長長得一模一樣的男子，以及男子留下的那句神祕話語——我看過不是你的你。

村長：其實，我也有種曾經見過你的感覺。

尼爾：咦？

村長：不過，是我誤會了。應該是死之夢創造的既視感。那男人也是死之夢讓你看見的幻影，無須在意。

村長這番話，具備活在現實世界之人的說服力。尼爾點頭。儘管如此，男人說的話依然像一小根刺似地刺在心中。為什麼？不知道。這個謎團感覺沒那麼容易解開。

這次真的從夢裡醒來了。雖然「被封印的話語」是在神祕的夢中取得的，夢醒後依舊沒有消失。白書學會了讓地面刺出無數長槍的攻擊魔法。

「謝謝。這樣總算能恢復正常的生活。」

坐在樹樁上的村長放心地低頭致謝。白書咕噥道「真是奇怪的病」。經由話語傳染，再經由話語解除封印，從夢中醒來……的確很奇怪。

「可是多虧那種病，輕輕鬆鬆就取得『被封印的話語』了。」

之前要不是打倒強大的魔物，就是破壞巨大的機器。前幾天才剛跟箱子巨人戰鬥過。相較之下，這次只有進入夢中解開謎題而已。

然而，至今以來，擁有「被封印的話語」的都是強大的敵人。打倒牠們，奪走它。那麼這次呢？難道是村子深處的神聖樹木……？思及此，尼爾回過神，白書毫不掩飾他的懷疑。

「會不會……太輕鬆了點？總覺得我們來到這個村子，也是有人安排好的。」

「你想太多了啦，小白。」

沒錯，想太多了。白書跟自己都是。

「比起那個，還得把其他人救出來。」

跟他們講話卻沒有反應的村民，通通罹患了同樣的怪病。雖然不想再進入那個充滿文字的世界，他們別無選擇，畢竟沒有其他方法能讓人從睡夢中醒來。

尼爾將村民一個個叫醒，救出所有人後，累得精疲力竭。他疲憊地走出村子，凱寧在外面等待。

「覺得那個村子如何？」

明明應該讓她等了不少時間，凱寧卻沒有不高興。

「真是太棒了……棒到難以言喻的地步。」

反而是白書用被迫白等半天以上的語氣回答。

〔報告書 06〕

最近尼爾的行動範圍忽然擴大。聽說前陣子還去了面具城。那座城市的入口一直是關閉的，文化、語言也和周圍地區不同。至今以來跟那個地方完全沒接觸的尼爾，現在跟面具城扯上了關係，出乎我的意料。再加上面具城的國王改朝換代了，今天也要注意觀察。

此外，數日前在神話森林發生人稱「死之夢」的怪病。症狀相當神祕，會讓患者無法離開夢境，當地居民似乎大部分都得了這種病。幸好因為有白書同行，尼爾平安從「死之夢」歸來。但進一步詢問詳情後，得知情況比我知道的還要嚴重。

到目前為止，神話森林從來沒有發生過這種事。也沒有會引發問題的居民，跟崖之村不同。由於那個場所較為特殊，必須查明原因。

另外，我認為今後派居民（包含尼爾在內）前往可能會發生異常狀況的地區時，應該先仔細調查，並且建議對方準備好足夠的道具及裝備。

（記錄者·波波菈）

NieR:RepliCant
ver.1.22474487139...
《型態計畫回想錄》
File01
少年之章6

石之神殿、廢鐵山、崖之村、面具城、神話森林，尼爾一步步收集「被封印的話語」。除了神話森林，都要與強大的敵人戰鬥，過程絕對稱不上輕鬆，但這一切的辛苦都是值得的。

1

尼爾在空閒之餘去海岸鎮釣藥魚給悠娜吃，接村民的委託，在各城市及村子來回奔波……過著忙碌的每一天。

他還遵守約定，去找面具國王玩。國王好像還是老樣子，經常擅自溜出公館，害副官一個頭兩個大。白書苦笑著說「人類沒那麼容易改變啊」。

不過，聽說就是因為國王還是王子的時候習慣頻繁前往市井之間，才會遇見菲雅。國王成了離開家鄉、剛來到這座城鎮的菲雅的好「朋友」。想到以前還發生過這種事，尼爾就覺得人類不必輕易改變也沒關係。而且，在面具城與國王和菲雅共度的時間，對尼爾來說同時也是難能可貴的休息時間。

有開心的事，也有悲傷的事。海岸鎮的老婆婆去世了。那個脾氣拗、看守燈塔的老婆婆，死於黑文病。

在她去世的不久前，尼爾得知寄給老婆婆的戀人的信，其實是郵差寫的。前往遙遠國度的老婆婆的戀人早已過世，鎮上的居民為了隱瞞這件事，一直寫假的信給她。

得知真相時，尼爾想起老婆婆說著對方是「對我而言很重要的人」，收下信件的模樣，無地自容。然而，為她送行的郵差說「她帶著安詳的笑容，就像睡著一樣」，讓尼爾得到些許的救贖。而郵差本人看起來比任何人都還要為老婆婆的死感到悲傷……

最近經常見到那名郵差。本來以為只是因為花店的老闆娘會拜託他買球根和芽苗，去海岸鎮的機會增加了，所以才會有這種感覺。可是，並非錯覺。郵差也變得常來尼爾的村子。他在意想不到的情況下得知原因。

「那個，哥哥，悠娜有一件重要的事想拜託你。」

講到這件事時，悠娜的表情是前所未有的嚴肅。

「就是……那個……」

拚命思考措辭的模樣，令尼爾忍不住說「悠娜的願望，我什麼事都會答應」。

「那，我要說囉？」

悠娜輕輕吸氣，一口氣把話說完。

「想請哥哥幫幫悠娜的朋友！」

「朋友？」

是村裡的人嗎？但他從來沒聽悠娜提過「朋友」。對於不太能出去外面玩的悠娜而言，村裡的小孩子總是有股距離感。

「悠娜有個寫信聊天的朋友。」

「寫信聊天？」

白書從旁插上一句「是不是指筆友？」經他這麼一說，尼爾想通了。這陣子常見到郵差的原因就是這個。

「筆友……!?」

「嗯，是一個男生。」

「男、男生!?」

尼爾語氣激動，他不停叫自己冷靜下來。

「那個男生生病了，很傷腦筋。我想請哥哥和白白幫忙治好他的病！」

「那個……男生是……呃。」

「嗯，他好像住在南邊的大房子裡。」

不行，大腦無法正常運轉。悠娜說的話他只聽得懂一半。

「這件事只能拜託哥哥！」

悠娜面色凝重地抬頭看過來。

「不行嗎？」

看見她悲傷的眼神，尼爾不知所措。

「不是不行，呃……就是說，現在要優先治好妳的病，妳的身體比他更重要，所以……那個……」

然而，他無法再繼續語無倫次地辯解了。

「這是悠娜一輩子的請求！」

小小的手在胸前合十，拚命哀求的模樣，他不可能抵抗得了。悠娜很少這樣拜託他。

「知道了……我會想辦法。」

悠娜露出燦爛的笑容。

「謝謝哥哥！」

這抹笑容有如一朵盛開的花。為了守護它，自己什麼都做得到。想幫悠娜實現所有的願望……

尼爾是真心這麼想，但唯有這次，這個願望超出了他的能力範圍。

「筆友……悠娜……有朋友……是男生……」

結束跟悠娜的對話後，尼爾不記得自己什麼時候走到外面的。回過神時，他靠在家門上，看著空中發呆。

「怎麼了？你的聲音在顫抖喔，『哥哥』。」

「笨、笨蛋！才沒有！」

他雖然否認了白書的調侃，心裡在不安卻是事實。

「總之，先去南邊的大房子？看看吧。」

尼爾知道悠娜說的是哪裡。穿越南方平原後，旁邊的小山丘上有棟大洋房。門總是關著，也沒看過有人出入，所以他還以為裡面應該已經沒有住人。

「那個筆友寄來的信上，就有寫正確位置了吧。」

「啊！」

尼爾心想「我都沒想到」，可是，現在再繞回家也很麻煩。而且他並不想看見「男生寫給悠娜的信」……不過若要說他不想知道上面寫著什麼，倒是騙人的。

2

那棟洋房是堅固的石製建築物，但看起來十分老舊。建築物又大又精緻，導致上面的歲月痕跡格外顯眼。鐵製大門上的漆也快掉光了，隱隱露出底下的鐵鏽。

門沒有上鎖。很久以前經過這裡的時候，尼爾因為好奇的關係試著推開門，記得當時確實有上鎖。

「是因為覺得我們會來，先把門打開嗎？」

將鐵門推開到人可以走進去的大小，也沒人勸阻。走進門後，他看見洋房門口站著一個人。

「一定是住在這裡的人。」

尼爾準備走上前，突然停下腳步。他覺得不太對勁。跟踏進神話森林時感覺到的異狀不一樣。共通點在於，兩者都原因不明。

儘管不知道原因，他感覺到空氣是冰涼的。今天天氣晴朗，再加上尼爾剛在南方平原奔跑過，全身是汗。可是一踏進鐵門後面，汗水就乾了。這裡好歹算位於室外，門外及門內的氣溫不可能有差異。既然如此，體感溫度降低的原因到底是？

另一個覺得奇怪的部分，是站在洋房前的人物。理由顯而易見。是一名服裝整齊、體格標準，卻面無表情的男子。尼爾、白書及凱寧都推開門進來了，他竟然沒有半點反應。沒有表現出對客人的歡迎，也沒有表現出對入侵者的拒絕。有一點詭異。

尼爾猜想那會不會不是活人，而是長得跟人類一模一樣的擺設，悄悄走近男子。

「久候多時了。」

「哇！」

不是人偶，是人類。可是尼爾都尖叫出聲了，男子卻面不改色。通常應該會至少面露疑惑才對。

「請跟我來。」

在男子的邀請下進入洋房後，尼爾才在後悔自己是不是太冒失了。沒人能保證這男人不會危害他們。

不僅如此，洋房裡面比想像中還亂。剛踏進屋內，崩塌的大樓梯就映入眼簾。燭臺倒在地上，走道被分不清是屋梁還是柱子的東西擋住。微弱的光線從窗外照進，窗戶髒得不曉得上一次擦是什麼時候。

「怎麼辦？」

尼爾悄聲詢問白書，以免被走在前面的男子聽見。

「都來到這裡了，回去未免太無趣了吧。」

白書講話難得這麼小聲。大概是要他別放鬆戒心，繼續前進。尼爾點頭回答「說得也是」。

「還得去見悠娜的朋友。」

男子不知何時停下腳步。他一語不發，轉頭看著這邊，應該是在等落後的尼爾他們。從這個狀況來看，能夠推測得出可能是在關心他們，可惜男子的表情過度平淡，看起來並不像那麼一回事。

尼爾小跑步跑過去，又覺得不太對勁。跟踏進門後那瞬間的感覺一樣。這次也不明白原因……

「請在這邊稍等一下。」

男子帶領他們來到深入裡面的房間，一眼就看得出這裡是餐廳。因為六人座的大桌子上，放著餐盤、酒瓶、玻璃杯。

「我去請主人來。」

門上的鉸鏈發出刺耳的摩擦聲，男子走出房間。既然他稱對方為「主人」，男子好像是傭人。看他穿著一身作工精細的服裝，尼爾還以為他肯定是洋房的主人，悠娜朋友的父親，看來並不是。

「麻煩死了，有魔物出現再叫我。」

凱寧伸了個大懶腰，躺到旁邊的長椅上打起盹來。

「該怎麼說呢……凱寧真厲害。」

「她那方面的神經應該死透了吧。受不了。」

白書無奈地說，凱寧卻沒有反駁，看來她睡得很熟。不只膽量，入睡的速度也相當驚人。

尼爾可沒大膽到敢睡在這棟可疑的洋房，而且這間餐廳感覺也怪怪的。現在明明不是會在室內烤火取暖的天氣，豪華的暖爐中卻燃燒著明亮的火焰。最神祕的是，這麼大的暖爐裡有火在燃燒，室內仍然一點都不溫暖。

「要不要在洋房裡走一走？反正沒有其他事可以做，凱寧也睡著了。」

與其說無事可做，不如說待在這不動令他覺得不安。白書大概也是同樣的心情，乾脆地同意：「是啊。也好。」

「從這邊出去看看好了？」

除了他們剛才走進來的門外，裡面還有一扇門。沒上鎖。尼爾直接推開門，門後是寬敞的走廊。跟餐廳一樣，瀰漫冰冷的空氣。

正對面是另一扇門。尼爾基於好奇心握住門把，白書連忙制止他。

「慢、慢著，最好不要隨便打開……」

「只是看一下而已啦。」

不過，門文風不動。鎖住了。尼爾沒有想太多，湊近鎖孔，上面刻著一個「暗」字。

「這是什麼？」

從旁湊過來的白書倒抽一口氣。

「小白？你怎麼了？」

「沒、沒事。什、什麼事都沒有……只不過。」

「只不過？」

「……這個字真不祥。」

「會嗎？」

的確，魔物喜歡黑暗，所以暗處是有危險的，但尼爾覺得這跟不祥不太一樣。

「其他門呢？」

他走在走廊上，牆上掛著巨大的畫。身穿甲冑，手拿長槍的男人的畫。疑似有點歷史，厚重的木框都發黑了。

「喂！這、這裡好像不太對勁。」

白書緊張地說。

「你會怕嗎？」

「沒、沒有。可是，很久以前的人類有『詛咒』這個概念，這棟房子到處都看得見與那個概念相符的地方，例如『暗』這個字……」

白書支吾其辭。尼爾心想「小白比想像中還膽小耶」，著手調查旁邊的門。然而，這扇門也鎖住了。令人好奇的是鎖孔上刻著的「月」字。

「月這個字不會不祥吧？」

剛才的「暗」也是，鎖孔上的字有什麼意義嗎？其他門又如何？正當尼爾準備調查旁邊的門。

「是、是時候回去了吧？」

儘管還想繼續調查，尼爾也不想讓白書繼續害怕。他決定探索到這裡為止，回到餐廳。

剛才那名男子差不多該帶主人回來了，餐廳裡卻空無一人。沒錯，沒有半個人。不只那名男子，連凱寧都不見人影。

「凱寧跑哪去了？」

「消消消消消失了！這棟房子這麼詭異，不是被抓走，就是被吃掉……」

「再怎麼說都不可能啦。」

看似睡得很熟的凱寧，應該是在途中醒來了。她肯定覺得獨自待在這裡很無聊。跟他們閒得發慌，出外探索一樣，凱寧也想在這附近晃晃。或是擔心尼爾他們，跑去找人了。

「剛好跟她錯過了，得去找凱寧才行。」

尼爾從餐廳回到玄關，沒看到凱寧。本以為她可能跑到外面去了，大門卻是鎖住的，一動也不動。

「被被被被被被關住了嗎!?這在被詛咒的洋房裡是極常發生的現象，主角被關住已經可以說是固定公式……」

「怎麼會。這扇門那麼舊，搞不好壞掉了。要去跟剛才那個人說，請他把門修好。」

尼爾返回無人的餐廳，再度從裡面的門來到走廊。他想起還有門沒調查過。這時，白書又「咿！」叫出聲來。

「畫、畫的內容……好像變了？」

「有嗎？」

尼爾聞言，抬頭望向那幅畫。身穿甲冑，手拿長槍的男子。是同一幅畫。不對，似乎有點不一樣。

「對耶。經你這麼一說，好像變了？」

「對、對吧。」

「但你看得出哪裡有差異嗎？」

「這、這個……」

「講不出來對吧？通常不會記得那麼仔細。」

「可是，肖像畫的人物會動、畫的構圖改變，也是詛咒常有的現象……」

「是錯覺吧，大概。」

怎麼可能——白書的話只講到一半。經過短暫的思考，他說：

「說得也是。當成這樣也好。」

「對對對。現在要先找凱寧。」

雖說她睡著了，把凱寧留在餐廳，尼爾不太好意思。凱寧雖然沒有白書那麼膽小，醒過來時發現其他人都不在，感覺絕對不會好到哪去。

「剛剛調查到哪裡了？」

尼爾調查上鎖的門，準備調查下一扇門時，白書建議回到餐廳……

「啊，是這扇門。」

鎖孔上一個字都沒刻。轉動門把，門沒有鎖。尼爾直接將門推開，視野染成一片白色。陽光對習慣昏暗室內的眼睛來說太過刺眼。是通往中庭的門。

中庭用修剪成圓形的籬笆圍住。中央是一座乾掉的噴水池，周圍放著好幾尊石像，是等身大的男女。疑似在這裡放了很長一段時間，表面長有苔蘚。

「這些石像的表情看起來好痛苦……總覺得有點可怕。」

本以為石像的表情應該會更加平靜，這個中庭的石像卻通通痛苦得面容扭曲，強烈的痛苦，或者恐懼。這樣的情緒如實傳達過來。

「快、快走吧。」

白書說得沒錯。這可不是會讓人想一直看下去的東西。尼爾快步穿越中庭，打開隔壁那棟建築物的門。

可是，那棟建築物只有一間房間。由外觀判斷，內部應該挺大的，連接中庭的那扇門後面卻只有一條短短的走廊，而且門僅此一扇。

尼爾不抱期待地走進房間，得到意想不到的收穫。洗手臺上放著刻有「月」字的鑰匙。

「一定是那扇門的鑰匙。」

尼爾急忙離開房間，返回刻著「月」字的門前。不出所料，將鑰匙插進鎖孔轉動，門便伴隨清脆的開鎖聲及反作用力開啟。

門後不是房間，而是狹窄的走道。四處都亮著燈，光線卻相當昏暗。尼爾突然駐足。

「有沒有聽見什麼聲音？」

「是、是人、人類的……慘、慘叫！」

「慘叫？」

尼爾聽見的是疑似男聲的聲音。不過，白書像在搖頭般左右晃動，斷言：「是求救的聲音！」

「是嗎？」

「他在大叫『放我出來』！莫、莫非是，幽……」

「八成是哪個傭人。是門壞掉了吧？」

白書一副難以認同的模樣，卻沒有繼續反駁。

「咦？」

尼爾再度聽見聲音，停下腳步。這次不是人聲，是樂聲。豎起耳朵，聽起來像樂器的聲音。跟迪瓦菈彈奏的樂器不同，是鋼琴聲。

他朝聲音走去。鋼琴聲傳來，代表那裡有人。

「在裡面？」

尼爾輕輕推動門扉。這扇門也沒上鎖，琴聲在鉸鏈發出吱嘎聲的同時停下。

坐在鋼琴前面的少年站起身。白皙如陶瓷的肌膚、柔軟的髮絲、顏色跟花朵一樣鮮豔的嘴脣。但奇怪的是，少年的雙眼用繃帶覆蓋住。大概是在思考吧，少年斷斷續續地說：

「二十歲左右的……男生？一個人？」

「光憑腳步聲，你就聽得出來啊？」

明明他的眼睛被遮住了，為什麼會知道？尼爾大吃一驚，少年笑著說「猜中了」，語氣及表情都比想像中活潑。

「還有一個人，應該說一本書，叫做小白。」

「咦？我只聽見一個人的腳步聲。」

原來如此。他是憑腳步聲的高低及數量，推測對方的身高。少年的聽覺想必非常敏銳。

「我是白書，怎麼可能有書會長腳。」

聽見白書的聲音，少年嚇得肩膀一顫。只有說話聲增加了一人份，不能怪他嚇到。

「對不起，嚇到你了。」

尼爾代替白書道歉，告訴他自己的名字。少年點了下頭。

「我們自我介紹完了。接著輪到你了。」

白書毫不反省自己嚇到對方，急著催促他。

「我叫艾米爾，是這棟洋房的主人。」

「那寫信的人就是你囉？」

剛才那名男子口中的「主人」也是……尼爾如此猜想，艾米爾卻面露疑惑。

「信？請問你說的信是？」

白書咕噥道「雞同鴨講啊」。當尼爾走近艾米爾，想解釋情況時——

「不行！請不要靠近我！」

他大聲制止，尼爾反射性停下。

「很危險！我的眼睛會把看到的東西變成石頭。」

少年隔著繃帶用雙手遮住眼睛，彷彿要證明這句話。彷彿要表示，隔著繃帶仍然不能放心。

「所以，我才像這樣把眼睛遮住。」

「真奇怪的特徵。」

聽見變成石頭，尼爾想起中庭的石像。以人工來說，那些石像的表情太逼真了。簡直像親眼看到駭人之物的當事者本人……尼爾覺得最好不要再想下去，急忙轉移注意力。

「信的話，管家或許會知道。這把鑰匙可以進入洋房的深處……我帶你們去。」

「沒關係。艾米爾，我們可以自己去。」

在遮住眼睛的狀態下四處走動，太危險了，要是他不小心跌倒受傷怎麼辦。

「借我們鑰匙就行了。」

「是嗎……？那這個也給你們。」

艾米爾從口袋拿出一張紙。

「是房子內部的地圖，這裡很容易迷路。」

「謝謝。」

「最裡面就是管家的房間。」

尼爾回答「知道了」，在走出房間時想起來。

「凱寧怎麼辦？」

雖說是因為遇見洋房的主人，害他分心了，自己竟然把找凱寧這件事拋在腦後。白書的回答是「別管她」，與愧疚的尼爾正好相反。

「那女人自己會想辦法吧。」

這個回答固然無情，在前往管家房間的途中，尼爾不得不同意。光是注意不要迷路，就忙不過來了。難怪艾米爾會要他們帶著地圖，這棟洋房的構造複雜到令人懷疑是不是蓋來讓人迷路的。

不僅如此。走廊還有魔物出沒。是中型魔物，不會使用魔法，但有一定的強度，而且不只一隻。

「為什麼這種地方會有魔物？」

不對，他明白原因。洋房的走廊雖然有靠燭臺維持亮度，陽光卻照不進來。一旦魔物棲息在其中，根本沒有多餘的人手驅逐，只能置之不理……

擊退魔物，抵達管家的房間附近後，這次發生另一個問題。那塊區域的門通通長得一模一樣。

「真希望上面能有個記號。」

而且門後的房間有開燈卻又暗又小，還很冷。

「喂、喂！又、又有尖叫聲！」

是女人的尖叫聲，這次尼爾也聽得很清楚。他急忙跑出房間，反手關上門。

「當作沒聽見吧。」

「說、說得對。」

總之得先找到管家再說。尼爾打開對面的門。裡面一樣很暗。本想直接關門離開，尼爾發現裡面的洗手臺在滴水，似乎是水龍頭沒關緊。

「沒辦法。」

他走向洗手臺，伸手關水。連碰都還沒碰到，只是把手伸出去而已，水就突然噴出來。

「哇啊啊啊啊啊啊！」

「咿啊啊啊啊啊啊啊！」

噴出來的液體不是水，在黑暗中都看得出是血紅色的液體。

尼爾慌張地衝出去。

「那、那是什麼？」

「不、不知道……不過……果然是詛咒……」

真希望是管線太舊，水裡混入了鐵鏽。然而，液體散發出令人不快的氣味。不願想起的氣味，一聞就聞得出的血腥味。

「怎麼可能有詛咒這種東西。」

肯定是低級的惡作劇。尼爾打起精神，打開隔壁的門。

「啊，出現了！」

剛才那名男子──管家面無表情地站在昏暗的房間內。「出現了」這個說法明明很失禮，管家卻毫不介意。不對，是毫無反應。

「管家先生？管家先生──！」

尼爾大聲呼喚，他還是一點反應都沒有。把手拿到他眼前晃，同樣遭到無視，尼爾有點自暴自棄地輕戳他的臉頰，發出碰到硬物的「叩」一聲。

「這是什麼？」

「像人偶。」

「用不著做得這麼像吧……」

作工精細到彷彿下一秒就會說著「久候多時了」，自己動起來。反而有點讓人不舒服。

一走出房間，白書就嘀咕道「我們是不是被騙了？」其實尼爾也有同樣的想法。不然就是他們在作惡夢。還是說，真的跟白書說的一樣，是很久以前的人類流傳的那個概念？

無論如何，沒開過的門只剩一扇。下次會有什麼樣的惡作劇在等待他們？尼爾做了個深呼吸，一口氣打開門。

「又是這個？」

裡面有一尊跟管家長得如出一轍的人偶。以為能用同樣的把戲騙到他們，未免太天真了。

我已經不會被嚇到了，誰會怕啊——尼爾如此心想，大步上前。反正只是尊人偶。直立不動的姿勢，加上面無表情的臉孔。尼爾想用手指彈它額頭，可惜太矮了，搆不到。就在他想著「算了，這次也戳個臉頰就放過他吧」，伸出食指時。

人偶的頭動了。

「哇啊啊啊啊啊啊！」

「咿啊啊啊啊啊啊啊啊！」

尼爾倒抽一口氣。人偶的手臂微微震動，劇烈上下擺動。

「動、動了!?」

它一副隨時要撲過來的樣子。在腦中浮現「必須快逃」的念頭前，雙腿就做出反應了。白書已經面向房門。這時，房門開啟。白書大聲尖叫。

「怎、怎麼了？」

艾米爾困惑地站在門口。

「主人。」

清晰的人聲傳入耳中。

「難道就、就是他？」

白書戰戰兢兢地轉過身。

「是的，他就是負責照顧我的管家。」

緩緩鞠躬的模樣，不是人偶，是人類的動作。雖然以人類來說，有那麼一點僵硬。

「他人不壞……可是有點不知變通，或者說缺乏情緒起伏。」

「非常抱歉，主人。」

尼爾心想「不只有點，他極度不知變通也極度缺乏情緒起伏吧」，不過既然當事人沒有惡意，那也沒辦法。

「管家先生，我們收到了信……」

「是的，那是我寄的信。請原諒我的諸多失禮之處。」

「果然。為什麼要這麼做？」

「如兩位所見，我的主人擁有會將看到的東西變成石頭的眼睛，他為此感到憂慮，自己遮住雙眼。那值得尊敬的精神讓我十分心痛，想設法幫助主人。」

管家的動作還是一樣堅硬，表情也缺乏變化，但從這句話中，感覺得到發自內心地對主人的關切。

「聽說各位是知名的勇者，我才用主人的名義寄了信，不知為何，回信卻是悠娜小姐寫的……」

「那跟悠娜通信的——」

「是的，是我沒錯。」

尼爾放下心中的大石。既然悠娜的「男性朋友」是眼前這位管家，那就沒問題了。

「我有請悠娜小姐代為轉達我的用意。」

「對不起，悠娜好像也搞不太清楚狀況。」

「不會，我也順利見到各位了。啊啊，想不到主人的眼睛會有治好的一天！」

悠娜誤會了，這位管家似乎也誤會了。他們不是勇者，也治不好把看見的東西變成石頭的眼睛。或許是想盡快解開誤會，白書開口拒絕。

「很遺憾，我們……至少我旁邊的這傢伙，不是勇者也不是醫生，就只是個小鬼頭。」

然而，管家乾脆地搖頭。

「事到如今誰都可以！只要能找到洋館裡的治療方法！」

「咦？這裡有治療方法嗎？」

「是的。」

管家點頭，臉上頭一次浮現看得出情緒變化的表情。

「如果我能自己過去，當然是最好的，但那個地方有魔物出沒，我無法靠近。」

尼爾想起在走廊出現的數隻魔物。之前他推測會不會是沒空驅逐，看來猜對了。

「拜託了！請打倒魔物，治好主人的眼睛！」

「別這樣！不要勉強客人！」

艾米爾嚴厲地制止管家，對尼爾他們低頭致歉。

「對不起。管家太為我著想，才會對外人提出這種強人所難的要求……」

他愧疚地縮起身子，可是，尼爾很能體會管家的心情。擁有想要守護之人的人，誰都會這樣想。只要對方能得救，只要有拯救對方的手段，什麼都願意做。

「知道了。我答應你。」

「小鬼，你自以為是勇者嗎？」

「不是啦。只是有困難的時候就是要互相幫助。反正我們還得去找凱寧。」

「謝謝。」

管家深深一鞠躬。

「不好意思。麻煩各位了。」

他的姿勢標準到在旁邊看都會覺得過意不去。

3

艾米爾也陪他們一同前往據說找得到治療手段的圖書室。起初尼爾還在擔心他會不會跌倒，結果完全是杞人憂天，反而是尼爾他們受到艾米爾的幫助。

走廊上有魔物，以及跟魔物沒兩樣的大蜘蛛。若要只靠他們兩個的力量排除阻礙，究竟得花多少時間？

「因為這裡是我家嘛。不是有句話叫『熟得跟我家後院一樣』嗎？」

艾米爾邊說邊帶頭走在前面，每當有魔物或大蜘蛛出現，就瞬間把牠們變成石頭。

「好厲害。竟然能比魔法更快打倒魔物……咦？」

「怎麼了嗎？」

「既然你的眼睛能把看見的東西變成石頭，為什麼那個繃帶不會石化？」

繃帶覆蓋在眼睛上面，所以艾米爾等於在「注視」繃帶的內側。不過，整條繃帶都是白色，看起來並沒有變成石頭。

「我的眼睛能石化的只有生物。呃，魔物算生物嗎？總之就是擁有自我意志的人，或者說能感覺到恐懼的人。」

「意思是不是生物就不會石化囉。」

「是的。所以我可以跟一般人一樣看書、彈鋼琴。」

前提是身邊沒有其他人，艾米爾略顯寂寞地說。看見他的表情，尼爾很能體會管家無論如何都想為他治好眼睛的心情。

在談話的過程中，一行人不知不覺抵達圖書室。開門一看，室內比之前進過的任何一間房間都還要明亮。不如說其他房間和走廊明明有光源卻太暗了。

儘管有光，那並非陽光。魔物還是可以在這邊生存。尼爾謹慎地環視周遭。

「好多書喔。」

比不上村裡的圖書館，但還是有一定的數量。寬敞房間的牆壁，全是高達天花板的書架。

「聽說這個地方以前在做什麼研究，應該有當時留下來的資料。」

「研究所？」

「好像是很久以前的事，所以我不清楚在研究什麼。」

這棟洋房本身好像就歷史悠久，更早之前的話，肯定是幾百年前的往事。

「這裡一定有治好我眼睛的方法……」

就在艾米爾將手伸向書架的時候，尼爾看見書架微微晃動。艾米爾猛然退後。書架上的其中一本書滑翔至空中，彷彿被看不見的手牽引著。

是一本深紅色的書，在空中飄浮。

「那本書……跟小白有點像。」

不像白書那樣會說話，可是封面上有一張臉的部分十分相似。不對，它好像只是沒說出有意義的話語，而不是無法出聲。深紅色封面上的臉在笑。刺耳的笑聲傳遍四周，彷彿在報上名號，吾名為深紅書。

「沒禮貌！世上怎麼可能有第二本像我這樣的書！」

深紅書無視憤慨的白書，在室內飛來飛去，一面灑落紙片。動作迅速。

深紅書占據圖書室中央的位置，像在威嚇般膨脹起來，將整本書攤開。裡面跟封面一樣是深紅色。書頁一張張脫離本體，化為紙刃襲向尼爾他們。

「那是什麼……!?」

「小白沒辦法做到那麼方便的事嗎？」

白書沉默不語。意思是「辦不到」。

「請你們躲到我後面！」

尼爾跟白書遠離深紅書，繞到艾米爾背後。艾米爾挪開繃帶，看著前方，跟他對魔物和大蜘蛛做的一樣。在空中飄舞的深紅色書頁接連掉到地上。已經變成石板的書頁，因為墜落的衝擊化為碎屑。

「石化真是不得了的能力。」

然而，深紅書也讓書頁分離，發動攻擊。就算用劍砍、讓它變成石頭墜落，攻擊始終沒有停下。

「我沒辦法石化它！」

艾米爾發出類似尖叫的聲音。深紅書周圍籠罩著淡紅色霧氣，是防禦結界。記得石之神殿的石像展開的結界，顏色更淡一點，不過肯定是同類型的東西。

當時再怎麼拿劍砍，再怎麼用魔法攻擊，都無法傷及防禦結界分毫。而且石像在展開防禦結界的期間會停止動作，深紅書卻在四處飛行，完全不受影響。

「這種敵人，要怎麼對付啊……」

光閃躲就得拿出全力了，根本沒空攻擊。深紅書連著防禦結界一起撞過來，差點把尼爾的劍撞飛。再被那招命中一次，肯定會完蛋……

淡紅色霧氣逼近的瞬間，尖銳的聲音響起。

「凱寧!?」

熟悉的雙劍將深紅書和防禦結界一同擊飛。魔物特有的黑色霧氣，包覆著持劍的左手。代表只要拿出超越常人的力量，攻擊就能造成效果。

「妳到底跑去哪裡鬼混了？」

白書質問她。沒有感謝凱寧在情況危急時出手相助，而是先質問她，很符合白書的個性。

「我迷路了。你們呢？」

「如妳所見，遇到危機了。快來幫忙。」

深紅書的目標轉移到凱寧身上。白書大叫：

「這傢伙挺難纏的！」

這句話可以視為警告，也可以視為忠告，凱寧卻置若罔聞，拿著劍衝上前。可惜這次不像剛才那麼順利，或許是深紅書也提高了戒心。

「怎麼辦……」

「你問我也沒用。」

在白書一反常態，用缺乏自信的語氣回答時。

「已經可以了！請各位在我壓制住它的期間快逃！」

艾米爾走向深紅書。

「閉嘴！你誰啊。」

凱寧不耐煩地罵道，接著踹向防禦結界。尼爾急忙跟她說明。

「凱寧，這個人是艾米爾。這棟洋房的主人……」

「可惡！殺了你！這本爛書！絕對要殺了你！」

凱寧一句話都聽不進去。僅僅是在憤怒的驅使下，對深紅書又砍又踹，完全沒有思考戰術。

糟糕的是，深紅書的反擊變得更加猛烈。它的智商無從得知，不過看它遭受強烈的攻擊時，會選擇用更加強大的攻擊反擊，似乎有一定的智慧。

「大家快逃！這是我自己的問題！不能再給你們添麻煩……」

「說是這樣說，我們總不能丟下一句『先走了，剩下交給你』就揚長而去吧。」

那當然——尼爾正準備回答白書，凱寧的飛踢閃過面前。

「囉囉嗦嗦的吵死了！」

要是他的身體再往前傾斜一些，鼻子搞不好會被踢爛。

「要說喪氣話，等把這本╳※○△☆書☆※後，隨你愛怎麼講就怎麼講！」

艾米爾目瞪口呆。八成是聽見一連串「小孩子不用懂」的詞彙，不知所措吧。

「我都快聽不下去了！」

凱寧的雙劍和踢擊一口氣炸裂，粉碎防禦結界。尼爾立刻一劍砍下去。可是，紅書很快就重整態勢，開始重新展開結界。

「簡單地說，凱寧是在叫我們加油啦。」

尼爾為依然一臉困惑的艾米爾解釋，重新握好劍。

「那女人在鼓勵我們？」

「對！」

他一面回答語帶懷疑的白書，一面砍向深紅書。展開防禦結界的期間，劍比魔法稍微有效一點。這是他從凱寧毫無章法的攻擊中學到的。

在反覆攻擊的過程中，尼爾發現深紅書的動作有時會瞬間變遲鈍。看來要維持強大的防禦結界四處移動，果然有難度。就是那個，白書說。

「別放過它停下來的那一刻！」

尼爾繼續憑蠻力壓制它，等待結界露出破綻。一旦它停止動作，結界的效果就會減弱……

「趁現在！」

他在凱寧吆喝的同時攻擊。深紅書劇烈震動，防禦結界沒有要重新展開的跡象。再一次。尼爾接連射出魔法。

深紅書膨脹起來，彈飛出去。長著一張臉的封面碎成粉末，四散的書頁於空中飄舞。尼爾看見「石化」兩個字，他伸手抓住如同花瓣紛紛落下的書頁。

「小白！你看這個！」

「什麼東西？關於石化的研究報告書？喔喔！」

既然白書是「人類的睿智」，同樣會動的深紅書，會不會也記錄著某些重要情報？結果他猜中了。

「可是，這份報告書……好像有經過加密。」

艾米爾背對尼爾一行人，閱讀跟石化有關的部分，惋惜地說。

「加密？意思是不能看囉？」

「枉費各位花了那麼多力氣幫我找到……對不起。」

「不是你的錯。」

這可是藏在那麼危險的書裡的情報，作者應該不會希望隨隨便便落到他人手中，自然會事先加密過。

「喂。」

聽見聲音，尼爾回過頭，凱寧看著的卻不是他，而是艾米爾。

「那傢伙好像有話想跟你說。」

「那傢伙？」

凱寧抬起下巴，指向管家。推測是出於擔心，過來看看情況的。

「交給我吧！」

管家用同樣僵硬的動作，走近艾米爾。

「不管要花多少時間，我都會解讀出來！」

「賽巴斯汀……」

那傢伙原來叫這個名字——白書訝異地喃喃自語。艾米爾一直稱呼他為「管家」，所以他都忘記了他也有名字，明明有名字是這麼理所當然的一件事。

太好了，尼爾對白書輕聲說道。

「不枉我們努力打倒那本書。」

「我們也可以說收穫豐富喔。」

白書滿意地在原地繞了一圈。

「小白，該不會!?」

「沒錯。得到『被封印的話語』了。」

而且，白書的話還沒講完。

「這大概就是最後一個。」

尼爾睜大眼睛。最後。白書說了最後。

「正是。『被封印的話語』通通收集到了。」

收集「被封印的話語」，打倒黑書。如此一來，疾病就會從這個世界消失。悠娜得到救贖的日子近在眼前。

「快了……就快了。」

尼爾握緊因喜悅而顫抖的手。

〔報告書 07〕

聽尼爾說他去了一棟可疑的房子，我當場愣住。他指的是前往海岸鎮途中的老舊洋房。前幾天，尼爾、白書、被魔物附身的女人，好像去了那個地方。

得知事情的起因在於悠娜開始跟洋房的管家當筆友，我有點搞不清楚狀況。尼爾說他本來是想去見跟悠娜通信的「男生」，結果在圖書室與和白書很像的書交戰，最後跟洋房的主人成為朋友。聽完他的說明，我更加搞不清楚狀況了（最後由白書淺顯易懂地解釋給我聽）。

聽尼爾說，即使是白天，洋館裡面還是很暗，還有奇怪的機關，很難稱得上舒適。尤其白書在那邊左一句「詛咒」右一句「幽靈」，吵個不停，好像很累的樣子（講到這邊的時候，白書明顯不太高興。看來他真的會怕）。

想到蓋那棟洋房的地方曾經發生的事件，就算裡面不正常，我也一點都不會覺得奇怪。我的感想只有「不意外」……但這沒必要告訴尼爾。

要說奇怪的事，就是洋房裡有「深紅書」吧。記得那本書不在這個轄區啊……不對，這不是需要共享情報的重要事項。話題扯遠了。

總而言之，尼爾跟我提到的時候，事情已經全部解決。也就是所謂的事後報告。真希望他採取行動前，能再跟我們商量一下。雖然就算他事前來找我們，我們能為他做的也有限。

不過，我跟他說我想多聽聽洋房主人——艾米爾這位少年的事。表面上的理由是同為喜歡音樂的人，我對他有興趣。洋房主人跟尼爾聊了什麼、提供給他什麼樣的情報，我想盡量把握清楚。畢竟這也是異常案例之一，可能會影響下一個世代。

又寫太長了，近況報告到此結束。完畢。

（記錄者・迪瓦菈）

NieR:RepliCant
ver.1.22474487139...
《型態計畫回想錄》
File01

封印之章

1

尼爾把花插進杯子，放到悠娜的枕頭旁邊。由於這朵花是在南方平原摘的，已經快要枯掉了，但還殘留著花的香味。

「哥哥，好香喔……」

「這是我從海岸鎮回來的途中摘的，是艾米爾跟我說的喔。」

「悠娜的朋友過得好嗎？」

「嗯，他叫我跟妳問好。」

打倒深紅書，取得關於石化力量的研究資料後，管家賽巴斯汀依舊會寫信給悠娜。大概是覺得因病不能外出的悠娜，跟關在洋房裡的主人一樣可憐。做為答謝，尼爾去海岸鎮的時候，都會順便繞到洋房一趟。

洋房內部仍舊瀰漫冰冷的空氣，白書始終坐立不安。

「再等一下就好，悠娜。哥哥終於把『被封印的話語』收集完了。」

尼爾輕輕把手放到她臉上，悠娜閉上眼。

「接下來只要找到『黑書』就行……」

問題就在這裡。完全沒有關於「黑書」下落的線索。有人帶著它嗎？還是跟白書一樣，被封印在某處？連這都搞不清楚。

艾米爾說他會幫忙查閱圖書室的藏書，看看古代文件裡面是否有相關紀錄，不曉得到底找不找得到。

而且，悠娜的時間所剩無幾。每當想到這件事，尼爾都會焦躁難耐。

「哥哥，沒問題嗎？會不會有危險？」

悠娜不知何時睜開了眼睛。她擔心地仰望尼爾，因為發燒的關係眼泛淚光。這陣子，悠娜一直在發燒。

「嗯，不用擔心。一點都不危險。」

「真的……嗎……」

悠娜突然咳起嗽來。是黑文病特有的乾咳，今天咳得特別厲害。尼爾讓悠娜側躺在床上，撫摸她的背。

「悠娜的……發燒和咳嗽……也會治好嗎？」

明明還在咳嗽，悠娜卻不斷跟尼爾說話。

「對啊，所以快睡吧。」

必須盡快找到「黑書」。儘管只是不切實際的傳說，也要把它找出來。不想再讓悠娜受苦了。

「哥哥……不要討厭悠娜喔。」

「怎麼突然這樣說？」
「就算悠娜身上冒出一堆黑色的圖案，也不要討厭悠娜喔。」
「怎麼可能！」
不小心太大聲了。尼爾向悠娜道歉，輕撫她的頭。
「我去跟波波菈小姐拿止咳藥。馬上回來。」
他衝出房間，跑下樓梯。不忍心看到悠娜這麼可憐。可以的話，真想代替她受苦——尼爾再度心想。這個念頭已經在腦中浮現上百、上千次了。
「悠娜愈來愈瘦了……」
來到戶外，今天陽光也很耀眼，對空中的雲朵視若無睹，為地上的影子加深顏色。青翠的樹葉及雜草茂密得令人煩躁，鳥聲及蟲鳴吵得不得了。世上如此生機勃勃，所有生物都堅強地活著，為何只有悠娜……
「堅強點，你是悠娜最後的希望。」
沒時間給他講喪氣話，而且還有白書在。「被封印的話語」收集齊全了，只要跟白書在一起，一定也找得到「黑書」。
「嗯，說得也是。」
尼爾趕往圖書館。

「波波菈小姐！悠娜一直咳嗽。可以請妳給我止咳藥嗎？」

若是平常，波波菈會立刻起身，配合悠娜的症狀拿藥過來，今天卻不一樣。波波菈坐在椅子上，眉頭緊皺。

「藥剛好用完了。我馬上調藥，方便請你幫忙採集藥材嗎？」

「知道了。」

「需要的材料是止咳苔，應該生長在南門附近。」

能在村裡採到的調藥用植物，規定要錯開時間，分頭在不同的地點採集，不能只在同一個地方。這樣就算因為臨時需要大量的材料，把植物都採光了，其他地方也很快就會長出來。現在最適合用來調藥的，就是生長在南門附近的吧。

「我馬上去採。」

他接著跑向南門。波波菈做的止咳藥很有效，想快點給悠娜吃……

如波波菈所說，南門前面長滿止咳苔。尼爾迅速採下，放進採集用的小布袋。裝滿這個袋子，正好是調藥所需的量。

這是習以為常的工作，因此沒花多少時間。

「快回去拿給波波菈小姐……」

「喂！小子，你看！」

白書吶喊道。

「艾米爾⁉」

照理來說要待在洋房裡的艾米爾，搖搖晃晃地走過來。當然矇著眼睛，十分危險。

「艾米爾，你怎麼來了⁉」

艾米爾沒有回答尼爾，直線往這邊走來。看他氣喘吁吁的模樣，尼爾意識到他是沒有那個餘力應聲。

「小心！」

艾米爾突然倒在地上，不曉得是絆到什麼，還是身體不舒服。尼爾急忙扶起他。艾米爾不只在喘氣，額頭還汗水淋漓，大概是一路跑過來的。

「……點……」

「什麼？」

「快……點……」

「快點？」

他回問這句話是什麼意思，卻得不到回應。艾米爾在尼爾懷裡昏了過去。

尼爾背著艾米爾，從南門跑到圖書館。聽從波波菈的指示讓他躺在長椅上，解開他的衣領。這段期間，艾米爾一直沒醒來。

「看起來不是生病。」

檢查完艾米爾的身體狀況後，波波菈回頭望向尼爾。

「他在看不見的狀態下於戶外奔跑，不只身體，精神應該也累了。最好讓他休息一陣子。」

「那就好。謝謝妳，波波菈小姐。」

尼爾鬆了口氣。那棟洋房到村子不僅有一段距離，還得穿越有魔物徘徊的南方平原。雖說艾米爾能夠使用將魔物石化的能力，不代表這樣就是安全的。

「為什麼要……」

這麼胡來？話講到一半，尼爾閉上嘴巴。聽見聲音。從遠方傳來的，分不清是雷聲還是地鳴。

艾米爾扭動身軀，他似乎醒來了。

「艾米爾!?你還好嗎!?」

他沒有回答尼爾，表情因痛苦而扭曲。

「看得……到……」

艾米爾像要抓住什麼般伸出右手，試圖坐起來。

「不行啦，你得好好休息。」

不——艾米爾搖著頭說。

「我看得到……空氣在震動……我的耳朵……聽得很清楚。快逃……」

「快逃？」

就在艾米爾總算準備接著說下去的瞬間。咚一聲撞擊聲傳來，是從未聽過的聲音。

2

真是奇怪的顏色。凱寧仰望天空。有陽光。腳下的影子和岩山的影子，都是清晰的黑色。然而，理應是晴天的天空一點都不藍，而是泛黃的白色。在北方平原看見這種顏色的天空，一年頂多一、兩次而已。

而那顏色罕見的天空，開始被厚重的雲層覆蓋。灰色雲朵遮蔽太陽。影子的顏色迅速變淡，感覺隨時會下雨。不過，風是乾燥的。空中有雨雲的時候，風會更加潮溼。

總之是魔物喜歡的天氣。不寒而慄的感覺於左半身擴散，是杜蘭。

『喂，要來了。』

用不著牠說，凱寧也感覺得到。有東西要來了，魔物的感覺在告訴她。全身的毛孔張開，冷汗噴出。巨大的力量，壓倒性的力量正在接近。

「這個方向是……！」

是尼爾的村子。凱寧飛奔而出。聽得見地鳴。不是杜蘭的感覺，這次是凱寧自己的聽覺捕捉到的聲音。

她全速奔跑。即使離得這麼遠，即使是人類的耳朵，都能清楚聽見。破壞與殺戮的聲音。

『要去救人嗎？真感人，我都快哭囉。』

凱寧臉上浮現一抹淺笑。她完全沒有救人的意思。那個村子的人類跟她一點關係都沒有。只是要把八成要去襲擊村莊的魔物趕盡殺絕。僅此而已。

祖母的仇敵已死。打倒踩死祖母的魔物的那一刻，凱寧的復仇就結束了。儘管如此，她仍在持續狩獵魔物，是因為有尼爾在。尼爾願意稱呼她這樣的人為「夥伴」，為了收集「被封印的話語」狩獵魔物，有時為其他人狩獵魔物。凱寧決定既然這樣，她也要以「夥伴」的身分幫忙。

如今尼爾的村子遭遇襲擊，還是遭遇前所未有的強大魔物。那麼，該採取的行動只有一個。

凱寧埋頭向前猛衝，進入通往村子北門的小徑時，現狀她已經把握得差不多了。悲鳴與怒吼，伴隨某種東西的燒焦味一同傳來。還有魔物的氣息，大小各異、種類繁雜的氣息。其中有個最為突出的強大氣息。全都在村子裡。

她急著與尼爾會合，北門卻緊閉著。被攻破的應該是其他地方的門。

凱寧嘖了一聲，轉身離去。沒時間繞到東門了。只能爬上圍繞村子的岩山，強行侵入。對人類來說有難度，但只要有魔物附身的身體能力，並非不可能。

凱寧左右張望，尋找有沒有比較好攀登的地方時，瞪大眼睛。山動了。但她很快就發現那不是山。因為那個黑色物體不在北門外側，而是在內側，也就是聳立於村子裡面。

形似黑色山峰的那東西，是超出常識範圍的巨大魔物。與此同時，凱寧明白了唯一一個特別突出的氣息，就是源自於這隻「大傢伙」。

事已至此，哪有空找方便攀登的地方。最好先移動到大傢伙的死角，從那裡發動攻擊。既然方針已定，目的地自然也決定了。凱寧跳到岩石上，踩著凸出的部分爬上去。

大傢伙似乎根本沒發現有人正在一步步從背後靠近。雖說是死角，並沒有連氣息都消失，何況有同為魔物的杜蘭在。魔物感覺得到魔物的氣息。

不是沒發現，而是漠不關心吧。魔物的力量普遍與體型成正比。在那隻大傢伙眼中，杜蘭只不過是「小角色」。或是覺得不會被同族攻擊，沒把牠放在眼裡。不管怎樣，對凱寧而言正好。

凱寧躍向空中。幸好她擁有超乎常人的跳躍力，大傢伙的後腦杓逐漸逼近。

『這下好玩囉？』

真的是──凱寧一面回答，一面在空中舉起雙劍。

『殺！殺！殺！』

她在向下墜落的途中一口氣揮下兩把劍。兩手傳來衝擊，明確地感覺到命中目標了。

大傢伙在凱寧降落的同時倒下，揚起一片沙塵。真輕鬆，凱寧心想。

「你看起來玩得挺開心的嘛！嗯？」

尼爾瞪大眼睛。本以為他是在驚訝凱寧一擊就打倒了魔物，結果並不是。杜蘭貼心地為她解說。

『妳的攻擊一點用都沒有！』

連頭都不用轉，背後有魔物的氣息。被凱寧全力的一擊擊中，卻完全沒有變虛弱。

「沒用的話，砍到有用為止就行了！」

她重新握好劍。旁邊傳來聲音。

「妳是在提振士氣嗎？」

是白書。只不過是本書──不對，還是該說正因為是本書？他囉嗦到了極點。

「還是單純的魯莽行事？」

而且總是愛講多餘的話。無所謂吧，這個破紙片！凱寧正想回嘴，卻被尼爾搶先一步。

「無所謂啦。小白！我們上！」

之後，她對著魔物猛砍。不停揮劍。因為這隻大傢伙不僅擁有魔物不該有的體型，連再生能力都高得不合常理。砍斷牠的手會立刻長出新的手臂，在牠的腳上挖下一塊肉，馬上會冒出肉芽堵住傷口。

巨大魔物終於停止行動時，凱寧拿劍的手都麻了。要不是因為他們兩個攜手作戰，八成打不倒牠。

凱寧喘著氣注視巨大的黑色四肢像融化一樣，無法維持原形。望向對面，沿路都是坑洞及崩塌的建築物。這隻大傢伙似乎是邊破壞村子邊走到這裡的。成功在這裡阻止牠，不曉得該說幸運，還是該後悔放任牠把村子破壞成這樣……

凱寧仔細思考著，本想再休息一下，現況卻不允許她這麼做。她聽見慘叫聲，一回頭就看見紅磚蓋的建築物。

「從圖書館傳來的!?悠娜！」

尼爾立刻衝出去，他的妹妹好像在那棟建築物裡面。

『我想也是。魔物不只這隻大傢伙。這股氣息，妳也感覺到了吧？不，連聲音都聽見了。那些傢伙的聲音……』

閉嘴！不用說我也知道！通通殺掉。我要把那些煩死人的傢伙徹底驅除！

凱寧爬上坡道，衝進紅磚蓋的建築物。「圖書室」她曾經去過，名為「圖書館」的建築物，倒還是第一次踏進。雖然是第一次，她一眼就看出眼前的景象不屬於原本的圖書館。這麼多魔物在人類會去的建築物內蠢蠢欲動，不只圖書館，任何地方都不該發生這種事。

前幾天去過的艾米爾家的圖書室裡也有魔物，但數量沒這麼多。不對，那也是原本不該發生的情況……

「艾米爾！」

聽見尼爾的呼喚，艾米爾回過頭。艾米爾為什麼會在這裡？他又不是這個村子的居民。他應該要待在南方平原郊外的老舊洋房裡面，今天也在認真解讀文件啊。艾米爾保護著在圖書館避難的居民，與魔物交戰。腳步踉蹌，可能是因為遮著眼睛。

「你的身體還好嗎!?」

尼爾將聚在艾米爾身周的魔物掃蕩乾淨，大叫道。艾米爾看起來站不穩，似乎不是因為遮著眼睛，而是身體不適導致的。無論如何，都是在亂來。

她知道艾米爾的耳朵遠比一般人還要好。也知道他是個直覺敏銳的孩子。就算這樣，要他跟魔物戰鬥未免太勉強了，還是在身體不適的情況下。得快點讓艾米爾離開這裡，凱寧忍不住怒吼。

「你給我閃一邊去！」

這裡交給我們——這句話還沒說出口，就被艾米爾打斷。

「不要！我絕對！絕對絕對不會離開！」

艾米爾提高音量。

「是你們告訴我，這雙被詛咒的眼睛也有意義！是你們告訴我，被關在屋內的我也有未來！」

他的吶喊刺進了凱寧心中。

第一次見面——不，從看到他的那一刻起，凱寧就知道，艾米爾排斥自身的力量。

『這是我自己的問題！』

那聲吶喊使她想起過去的自己。認識尼爾前，還不知道「夥伴」這個概念的自己，彷彿站在眼前。

因此，臨別時她忍不住隔著繃帶碰觸他的眼睛，對艾米爾這麼說。

『這不是罪過。』

有人會因為對方跟自己不一樣，就不由分說地攻擊她。凱寧一直遭受這種不合理的對待。在被人們排擠、鄙視的過程中，慢慢覺得是自己有問題。幫她糾正這個錯誤觀念的人，是祖母。因此，她想為艾米爾做同樣的事。

『這雙眼睛本身並不是罪過，重要的是你自己。』

接著，她牽起艾米爾的手，讓他碰觸左邊的脖子。讓他碰觸杜蘭在皮膚底下蠕動的魔物身軀。她想告訴艾米爾，不是只有你而已，你並不孤單。

『這是被詛咒的武器。』

艾米爾聽了倒抽一口氣，應該是理解了自己在碰的明顯不是人類的身體。

『我本來覺得，報完仇後就再也用不到。』

祖母的仇報了，自己應該可以去死了。但她得到了夥伴，不能白白去送死。

『現在，我為了保護夥伴使用這被詛咒的武器。』

『凱寧姊……』

『這隻手和我自己，都還有活下去的意義，你也一樣。』

擁有活下去的意義。擁有每個小孩都該有的未來。擁有被詛咒的力量，不代表必須放棄一切。

『不要放棄，絕對不要放棄，你一定找得到答案。』

留下這句話，推了艾米爾一把的人，就是她自己……

「這種時候，我不能休息！」

艾米爾的聲音，令凱寧回過神來。

「大家都在戰鬥，我怎麼能在旁邊休息！我想用這股力量……保護夥伴！」

阻止不了他了。換成自己，恐怕也會採取同樣的行動。凱寧比誰都還要清楚，想守護夥伴的心意有多麼強大。

「……別勉強自己。」

這就是極限了。能夠稍微阻止想捨身阻擋敵人的艾米爾的話語，她只想得出這一句。

「凱寧姊也請小心。」

艾米爾說道，對敵人使用魔法。聚在一起的魔物噴出紅黑色液體，停止動作。

艾米爾不僅能石化看見的東西，同時也會使用攻擊魔法和回復魔法。表面看來是個手無縛雞之力的小孩，在戰場上卻是可靠的同伴。

「快打倒那個『混帳東西』吧！」

艾米爾模仿凱寧說話，但一點都不適合他。凱寧不禁失笑。

「說得……沒錯！」

她一口氣揮下劍。好幾隻魔物伴隨沉重的手感，一同飛了出去。

『朋友遊戲玩完了嗎？』

腦中響起調侃她的聲音。凱寧無視它，掃蕩魔物。殺殺殺——杜蘭大叫著。

不，是興奮地喊著。同為魔物，他卻毫不在意同胞被殺，反而樂在其中，渴望聽見更多的哭喊聲，渴望同胞的哀號和求救的話語，渴望凱寧不想聽見的話語。

凱寧聽得見魔物說的話。跟杜蘭讓她的五感變成魔物的五感一樣，如今她也聽得懂魔物的語言。大多數是無意義的詞彙的排列，不過有時會帶有明確的含意。

魔物說的話在尼爾跟艾米爾耳中，八成只是奇怪的聲音。凱寧被杜蘭附身前也這麼認為。

不久後，求救的吶喊聲和臨死前的慘叫都聽不見了。他們總算把館內的魔物一掃而空。

尼爾臉上和矇著眼睛的艾米爾的嘴角，浮現安心的情緒。表面看不出變化的白書，肯定也在內心鬆了口氣。

「對了。得把門閂上，免得魔物再跑進來。」

艾米爾邊說邊走向門。就在這時，嬌小的身軀突然浮到空中。

「艾米爾！」

是新的魔物嗎？凱寧重新拿好劍。然而，撞飛艾米爾的黑色物體並非新的魔物。白書驚訝地大叫：

「那傢伙……只剩一顆頭了還活著！」

是剛才打倒的大傢伙。凱寧親眼見證牠的四肢像融化一樣消失不見，卻沒看到最後。因為圖書館傳來尖叫聲，她的注意力被吸引過去了。

應該要等看見那巨大的身軀通通灰飛煙滅再離開。至少該留她一個人在那邊，可惜現在後悔也來不及了。

有時間後悔，不如去戰鬥。無論是圖書館外面還是裡面，只要打倒牠就沒差了。

「該死……！」

凱寧使勁揮劍。可是，魔物身上的傷口轉眼間就癒合了。

尼爾揮劍劈砍，艾米爾射出攻擊魔法，魔物卻只有噴出紅黑色的體液，完全沒有留下類似傷口的痕跡。

「回復速度太快了！」

平常總是不慌不亂到無所畏懼的白書，發出類似尖叫的聲音，凱寧還是第一次聽見。這隻魔物的再生能力就是如此驚人。

而且，失去四肢對大傢伙來說根本不痛不癢。動作反而變快了，或許是只剩一顆頭更靈活。

「到底該怎麼辦……」

凱寧想蓋過尼爾困惑的聲音，揮劍揮得更加用力。自己能做的只有這個。她專注地揮劍。身為夥伴，自己能做的只有這個。

艾米爾不時會為她施展回復魔法，這是她辦不到的事。除此之外——雖然很不甘心——她也沒辦法跟白書一樣幫忙出謀劃策。

「把牠逼進地下室，關進裡面如何？」

白書彷彿看穿了凱寧的想法，提出建議。

「那裡的牆壁很厚，牠應該出不來。」

「地下室是吧？好！」

是個好主意，付諸實行卻相當困難。畢竟只剩一顆頭的魔物動作很快，想引牠到地下室沒那麼容易。只能三個人持續攻擊，阻擋牠的退路，慢慢將牠逼到裡面。

每次砍中魔物，都會噴出紅黑色液體，噁心的臭味瀰漫四周。積在地上的體液有如血泊，不小心踩到搞不好會滑倒。即使如此，還是不能停下攻擊的手。

都砍了這麼多刀，巨大頭部卻沒有變虛弱的跡象。會不會在把這傢伙逼進去前，他們就先耗盡體力？

在拿劍的手開始麻痺時，白書終於大喊「就是現在！」地下室的門不知何時打開到最大，大概是尼爾或艾米爾開的。

「把牠推進去！」

尼爾的一擊將巨大頭部轟進地下。凱寧迅速關上門，用背擋住。

「鑰匙給我！快！」

她壓著門伸出手，尼爾帶著鑰匙跑過去。這扇堅固的門，應該有辦法把那顆大頭關起來。只要把門鎖住……在她心想之時，尼爾停止動作，鑰匙從他手中掉出。

尼爾瞪大眼睛，一臉不敢相信的樣子。左肩刺出黑色的尖刺。

發生什麼事？自己看見了什麼？凱寧無法理解。黑刺是從地板刺出來的。從積著巨大魔物體液的地方。可是，單純的液體有辦法刺穿人類的身軀嗎？

貫穿尼爾肩膀的尖刺抽了出來，尼爾倒在地上。跟地上的「血泊」同樣顏色的液體，從肩膀噴出……

地上的「血泊」當著凱寧的面膨脹，不久後變成眼熟的形狀。是人類。背上看似長著一對翅膀，披著不相襯的外套，如同剪影的人類。

黑色人影動了，大大展開背上的翅膀，在圖書館內高速竄動，速度遠遠勝過巨大頭部。人影化為一陣黑色疾風四處飛翔，將散亂的書本捲入其中。搞不好有上百、上千本的書分解開來，散落一地。

視野被在空中飄舞的書頁擋住，根本看不清黑色人影往哪邊飛。杜蘭發出分不清是傻眼還是驚訝的聲音。

『喂喂喂，跑出了這麼一個不得了的傢伙！是吧？妳知道那東西是什麼嗎？妳知道吧？』

跟不久前還在地上聚集成一團的東西一樣。跟此時此刻就在背後，跟她隔著一扇門的巨大頭部一樣。簡而言之，那東西也是魔物。

不是一般的魔物，氣息比至今以來遇到的任何魔物都還要強烈、駭人。沒錯，如杜蘭所說，是個「不得了的傢伙」。然而對於「妳知道那是什麼東西嗎」這個問題，凱寧只能否認。是魔物，是「不得了的傢伙」，卻不清楚那是「什麼東西」……

狂風忽然停歇，黑色人影停止動作。空中的書頁紛紛飄落，視野恢復清晰。

「悠娜！」

黑色人影抱著尼爾的妹妹。她閉著雙眼，一動也不動。那傢伙看起來只是在館內亂飛，其實是在找尼爾的妹妹。

緊接著，地上的「血泊」湧出大小各異的魔物，魔物們晃著身體對黑色人影下跪。這副模樣儼然是……

「王？」

白書說的話，跟凱寧腦中浮現的想法如出一轍。

「難道，那傢伙就是魔物的……王？」

那名「王」對白書伸出手。旁邊不知何時冒出另一本書。不管是浮現一張臉的漆黑封面還是大小，都跟白書如出一轍。莫非那就是尼爾拚命尋找的……

然而，對方沒有給她繼續思考的時間。空中迸發奇妙的光芒。白書像結凍似地停止動作。倒在地上的尼爾，表情也因痛苦而扭曲。白書似乎受到了某種法術的攻擊，呻吟出聲。

「別過來！」

尼爾的聲音令她停下腳步，身體比大腦更快做出行動。要是尼爾沒有制止，她應該早就衝出去幫助同伴了，連背後有扇沒上鎖的門都拋在腦後。

「凱寧……門……」

我知道，不能離開這裡。可是，不明的攻擊仍在持續。這樣下去，尼爾和白書都會耗盡力氣……

『這就叫走投無路嗎？面前是魔王，背後是大傢伙……噢，現在該叫牠大頭嗎？不管怎樣，妳的夥伴死定啦！』

這怎麼行！怎麼可以死在這種地方！

『可以把妳的身體給我了吧。最重視的夥伴一死，妳就沒有活下去的意義了吧？不是嗎？』

不是！還沒結束！尼爾、白書、艾米爾都還活著。

『難說喔，那本破書在講所謂的遺言喔？』

白書不知何時停止呻吟，尼爾臉上還帶著痛苦之色。簡直像只有白書分離開來，要被帶走一樣。

「我們……的目的是……」

這個語調平板得不像白書。

「融……合……我們是　魔王的……合而……為一……」

白書說著意義不明的話語，杜蘭發出尖銳的笑聲。

『那就叫遺言對吧。對對對，沒錯。那個誰也是對不對？就是她啊，妳、的、奶、奶。』

閉嘴！閉嘴！跟奶奶那時候不一樣！那才不是遺言！

「小白！你這本破書！」

凱寧聲嘶力竭地吶喊。

「少在關鍵時刻講這種莫名其妙的話！破紙片，這麼派不上用場，小心我真的把你扔進暖爐當柴燒！你那張嘴巴不是為了惹火我們而存在的嗎!?你那顆腦袋不是裝滿要對我們說教的話嗎!?竟敢忘記夥伴，講那些魔王怎麼樣的夢話！搞什麼鬼啊！」

白書卻毫無回應，也毫無反應。他用帶著睡意的聲音反覆說著「樂園」、「融合」等意義不明的詞彙，慢慢接近黑書。

「喂！快阻止小白！這樣下去，他會被那個黑色的傢伙吸收！」

小白先生！艾米爾大叫。尼爾站了起來，肩膀血流不止，從喉間擠出虛弱的聲音呼喚白書。

『沒用沒用沒用！你們通通會死在這裡！註定全滅！』

哪有什麼註定，少胡說八道，我——我們才不會輸！

「這一刻終於到來！」

黑書的笑聲迴盪四周，討厭的笑聲。封面上的臉跟得意地向後仰的模樣，全部讓人看不順眼。那就是「黑書」吧。如同傳說中的記述，為世界帶來災厄……

「好好見識我們融合後的力量吧！」

黑書裝腔作勢地宣言，靠近白書。

「小白——！」

白書像要拒絕尼爾的呼喊般劇烈震動。震動逐漸加劇，最後轉為衝擊波。館內的空氣嗡嗡作響，閃光迸發，睜不開眼睛，聽見耳鳴。

「吵死了。」

傲慢的語氣從來沒有這麼令人心安過。回過神時，閃光已然消失。衝擊波和轟鳴聲也宛如打從一開始就不存在，室內一片靜寂。

「少在那邊小白小白隨便亂叫，我的名字叫白書。」

凱寧差點因為放下心來的關係雙腿無力。不，現在哪能放鬆。巨大頭部在背後掙扎，凱寧站穩腳步。

「凱寧。妳左一句派不上用場右一句破紙片，趁亂罵我罵得挺開心的嘛。」

她感覺到杜蘭在生悶氣。又錯失了一次機會，牠正在為此感到不甘。

「小白……你沒事嗎？」
尼爾踉踉蹌蹌地走向白書。
「這個問題我原封不動還給你。」
是平常的白書。愛諷刺人、愛說教，卻又愛管閒事、愛操心。凱寧深深體會到白書回來了，黑書在同時低聲說道「怎麼可能」。凱寧他們的安心，對黑書而言想必不容置信。
「我們兩個要合而為一，才是完整的存在！」
誰管你。白書不屑地說。
「我不是你。我就是我，而我有夥伴在。」
白書轉過身。
「雖然這些傢伙一點都不可靠，少了我就慌成那樣……充滿缺陷，他們還是我的夥伴！我要跟這些傢伙並肩作戰！我已經決定了！」
白書斷言的瞬間，尼爾站不穩的雙腿似乎恢復了力氣。凱寧很想立刻拿劍上前助陣，但她肩負守住這扇門的任務。都已經有她擋著了，企圖破門而出的力道卻變得比剛才更大。
「小白？怎麼了？」
「我沒辦法使用魔力。」

白書咬牙切齒地說。

「那傢伙奪走了『被封印的話語』！」

「我來……想辦法！」

尼爾衝向黑書，艾米爾負責支援。周圍再度湧出魔物。尼爾擊退牠們，同時也沒疏於攻擊黑書。左肩明明受了重傷，他的動作卻讓人感覺不出來。自己只能站在旁邊看，凱寧感到十分焦躁。

「把力量搶回來了！」

白書語氣得意，黑書則焦急地大叫。

「蠢貨！我們真正的記憶可不會遺失！」

「這麼想記住，就給我寫在書頁的角落！」

對了，聽說白書喪失了記憶。黑書所說的「真正的記憶」是什麼？可惜，沒時間給她悠閒地思考。

背後的門開始發出危險的吱嘎聲，是鉸鏈的摩擦聲。凱寧慢慢抬頭望向鉸鏈，看見巨大頭部每撞一下門，用來固定鉸鏈的螺絲就稍微鬆開一些。

糟糕。本以為這扇堅固的門應該不會被撞破，要是鉸鏈壞掉，整扇門都會掉下來。這樣上鎖也沒意義。

白書和尼爾正在攻擊黑書，周圍的魔物一隻也不剩。乍看之下是我方占上風，魔王卻沒有一絲動搖，這一點令人不安。

她聽見有東西斷掉的聲音。其中一個鉸鏈彈飛了，只靠剩下的那一個能撐多久？

凱寧用力壓住門扉，雙腿施力。固定鉸鏈的螺絲卻掉在地上，彷彿在嘲笑她。這樣下去會壓制不住那顆大頭。即使打倒了黑書和魔王，他們有辦法連巨大頭部都打倒嗎？不可能。正因為覺得辦不到，他們才打算把牠關進地下室……

黑書突然展開魔法陣。輪廓像融化似地消失不見，變成一顆漆黑的球體。這時，他的形狀瞬間產生變化。跟從「血泊」刺出的利刺一樣——等他們發現時已經太遲了。尖刺企圖貫穿白書。凱寧看見尼爾喊著「小白」衝上前。

「怎麼可能！」

眼前的畫面如白書所述。怎麼可能。不可能。尼爾的胸膛被尖刺貫穿了。

尼爾大概什麼都沒想吧。利刺瞄準的是白書。保護那本白書，自己的下場會是如何。他僅僅是想保護夥伴，腦中只有這個念頭。

「你們遲早會明白。」

黑書不知不覺恢復原形，尼爾緩緩倒地。

「無論如何，一切都會回到我們手中。」

以黑書的宣言為信號，魔王展開雙翼，懷裡抱著悠娜。趴在地上的尼爾拚命伸出手。「把悠娜還來」這句話，無力地從口中傳出。

魔王和黑書撞破半毀的天花板，飛走了。螺絲一個又一個鬆開，掉在地上。

看得見天空，魔王的身影遍尋不著。厚重的雲層顏色好像變淡了，不曉得是不是錯覺。雲朵在飄動，上空似乎吹著強風。看這情況，肯定再不久就會有微弱的陽光照下。

「看來……我們輸得徹底。」

刺鼻的臭味傳來。鮮血與泥土的味道明明早已習慣，聞到時還是會覺得鬱悶。

「我……們？」

艾米爾抱著尼爾抬起頭。

「抱歉，我也撐不住了。」

少了好幾個鉸鏈的門，隨時都會整扇掉下來。

「凱寧姊……」

艾米爾的聲音帶著哭腔。

「別哭，艾米爾。」

我的聲音怎麼聽起來更想哭？振作點——凱寧激勵自己。

「最後，至少要處理掉這傢伙。」

不是沒方法。殺不掉，但可以處理掉。

『喂，等一下。』

杜蘭驚慌失措。或許是察覺凱寧的意圖了。然而，凱寧毫不顧慮地接著說：

「把我石化吧。」

艾米爾神情扭曲，隔著這麼遠的距離都看得出他在咬緊牙關。

「拿我體內的魔物當成封印的基石，關住這傢伙。」

只是把門變成石頭的話擋不住牠。這隻魔物只剩下頭部都能活命了，區區一扇石門，想必能輕易粉碎。若想封印住牠，需要其他力量。以毒攻毒，以魔物攻魔物。

『就叫妳等一下了。石化？開什麼玩笑。凱寧，這我可不奉陪！』

沒人問你的意見，還是你要現在離開我的身體？你做不到吧？

「凱……寧……不可以……」

倒在艾米爾懷中的尼爾撐起頭。或許是那虛弱的聲音帶給了他力量，艾米爾吶喊道：

「對呀！不可以！我做不到！」

艾米爾還想說些什麼，凱寧打斷他說話，面露微笑。

「你的力量是用來保護夥伴的……對吧？」

我和我體內的魔物，也要用來保護夥伴。這是很久以前就決定好的事。

『慢著！凱寧！我不要！』

杜蘭從凱寧的體表冒出，可惜這樣就是極限。牠什麼都做不了。這隻魔物還沒笨到連這點小事都不明白。

「動作快！」

「可是……」

在這段期間，背後的吱嘎聲及震動變得更加激烈。是門先被撞到變形，還是鉸鏈先通通彈開？無論如何，到時一個人都活不下來。

「沒有其他手段了！」

經過短暫如剎那，又漫長如永恆的躊躇，艾米爾輕輕點頭。解開繃帶的手及纖細的身軀在微微顫抖。豆大的淚珠不停從眼眶滑落。第一次看見艾米爾的眼睛，凱寧覺得很美。

「艾米爾，別哭了。」

四肢的感覺突然產生變化。八成是開始石化了。她下意識想要低頭望向四肢，身體卻動彈不得。凱寧將視線朝向尼爾。

「別認輸。」

為了妹妹，為了奪回被魔王帶走的悠娜。

「要堅強。」

凱寧不知道尼爾有沒有點頭。尼爾在那裡，她能確定的只有這件事。

『我不要！還不夠！我還想殺更多！想破壞更多！想占據妳的身體為所欲為……！啊啊！不要不要不要不要不要！』

杜蘭大聲嚷嚷，但她已經感覺不到於左半身蠢動的觸感。有個物體竄進了迅速變暗、變得狹窄的視野之中。

「我不會跟妳道別的，內衣女。」

「小白……」

「畢竟妳可是不死之身。」

「是啊，說得……也是。」

尼爾、白書、艾米爾。時間雖然短暫，他們是與自己並肩作戰過的夥伴，初次視為「夥伴」的人。

不會忘記。就算變成了石頭，不管經過多少時間，都絕對不會忘記。

好安靜。不久前的噪音彷彿從未存在過。杜蘭也陷入沉默。若報酬是這份靜寂，變成石頭也不賴。

就這樣，凱寧的時間停止流逝。

〔報告書 08〕

關於五年前的「傑克來襲事件」，在此正式報告該起事件的事後發展及現在的狀況。

如同事件過後的緊急聯絡所述，代號「傑克」襲擊村莊，是「魔王」安排的。這起事件的主要目的，顯然是擄獲尼爾的妹妹悠娜，「傑克」是用來聲東擊西的棄子。

居民死傷慘重。建築物也大多全毀、半毀。圖書館的天花板及牆壁部分同樣遭到破壞，目前還無法估計何時能修復完畢。此外，「傑克」的頭部封印在本圖書館的地下室。

我們之前就在擔心「魔王」失去控制，如今這個想法以最壞的形式成真。只能說我們太天真了。

最愛的妹妹被人奪走，尼爾墜入絕望的深淵，一時之間精神狀態不太穩定。過了五年稍微恢復正常，在剿滅魔物之餘尋找悠娜的下落。

而狀況不容大意的，不只尼爾一個人。村民的生活也相當艱困。「魔物」的出現頻率顯著提升。老實說，事態惡化到這個地步，出乎我的意料。

那起事件過後，「魔王」失去了蹤跡，這五年來都沒有明顯的動作。意即還有辦法挽回。唯有型態計畫的失敗，無論如何都得避免。當務之急是查明「魔王」的所在地，阻止失去控制的他。

（記錄者·波波菈）

NieR:RepliCant

ver.1.22474487139...

《型態計畫回想錄》

File01

青年之章1

1

眼前一片純白。尼爾放慢步調，歪過頭。

這不是沙。是鹽。走路的時候，腳底會發出微弱的窸窣聲陷進地面。觸感跟走在沙漠上類似，顏色卻不一樣。純白的沙子。

天空狹窄。抬頭一看，好幾棟異常高大的建築物擠在頭頂的天空。光看就頭暈目眩，尼爾低下頭。接著，他在不規則排列的四方形建築物的縫隙間，看見一座紅色的塔，前端形似一把有點彎曲的劍的細長高塔。

紅塔突然從視線範圍內消失。正好有一陣強風吹來，揚起漫天白鹽。

奇怪。為何自己知道這白色的物體是「鹽」？又沒有實際舔過。

觸感跟沙子一模一樣，光看外觀的話，也挺像雪景的。將周圍一整片地面覆蓋住的白色物體，使他想到小時候唸給悠娜聽的故事書中的插畫。是個少女尋找被帶走的男生的故事。兩人住在寒冷的雪國。

被帶走了？尋找？對，悠娜。必須去找悠娜。悠娜被魔王帶走，然後……

尼爾衝上前。不知為何，他知道自己該去哪裡。旁邊的建築物，得趕快回去。

回去？為什麼？

得趕快回去。已經把那些傢伙通通解決掉了。回去告訴悠娜不用害怕，讓她安心吧。

解決掉？解決了什麼？魔物嗎？魔王……不是魔王，還沒打倒魔王。

尼爾衝進昏暗的建築物內，腳下發出乾巴巴的聲音。他不經意地望向下方，兩腳不知何時穿上了奇怪的靴子。

這是什麼？

不只靴子。衣服也很奇怪。手上的細管也是。這是……鐵嗎？

表面看來這麼細，卻沉甸甸的。上面黏著疑似魔物血液的汙漬，由此可見應該是武器。

到底是在哪裡撿到這個東西的？不對，更重要的是劍呢？弄丟了嗎？不會吧。糟糕了……

在尼爾轉身尋找用習慣的劍時，背後傳來微弱的聲音。

「哥哥。」

一直想聽的聲音，一直在尋找的……妹妹。真的是悠娜嗎？他不敢回頭確認。不，不可能聽錯。

「悠娜！」

不是聽錯，也不是幻聽。

「這是，悠娜剛剛找到的。」

毫無疑問是悠娜。她珍惜地抱著一個扁平的盒子。是餅乾盒。悠娜最喜歡吃餅乾了……等一下，他為什麼會知道裡面裝的是餅乾？而且，悠娜穿的衣服也很奇怪。

「跟哥哥……一人一半。」

衣服什麼的一點都不重要，終於見到悠娜了。

「悠娜……」

尼爾正想抱緊悠娜，發現一件事。悠娜為什麼沒長大？在那之後過了五年，眼前的悠娜怎麼看都不像十二歲。

五年。想起這個數字的瞬間，胸口緊緊揪起。五年前的那一天，魔王忽然出現，帶走悠娜。帶走他唯一的家人，比自己更重要的妹妹。只要能看見悠娜的笑容，他什麼事都做了。悠娜卻被人奪走。過了五年，尼爾沒有一天不想起悠娜，沒有任何一刻忘記她，包括睡著的期間。

噢，原來如此。這是夢。難怪。

於是，尼爾明白自己為何會穿著奇怪的衣服，手上拿著鐵管而不是劍。既然是在作夢，四周積了一整片鹽巴這種異常的景象，也能得到解釋。

「來，這一半給哥哥。」

悠娜遞出一小塊餅乾。她在笑。明知道是夢，他還是很高興。是夢也沒關係，想一直看著這抹笑容。直到永遠……

「悠娜！」

大聲呼喚的瞬間，眼前變成一片黑色。

「怎麼了？」

熟悉的聲音傳入耳中。與伶牙俐齒一詞再適合不過，甚至太愛說話，經常顯得囉嗦，卻擁有強大魔力及豐富知識的夥伴的聲音。

「小白……」

睜開眼睛，看見的是白書。悠娜不在。這裡是自己家，劍靠在隨手就能拿到的地方。

「你好像在夢囈，作了可怕的夢嗎？」

他確實作了夢，卻想不起來。除了有夢見悠娜外，什麼都想不起來。記憶在醒來的同時消失得一乾二淨。

「沒有，並不可怕。」

見到了悠娜，或許該稱之為幸福的夢。而且，那裡應該還是十分熟悉的場所……儘管想不起來。

「你不會又在神話森林撿了怪夢回來吧？」

白晝立刻警戒地說，八成是因為他再也不想遇到那種事。的確，尼爾也不想被拽進「死之夢」這種怪病之中。想起五年前的疲憊感，尼爾感覺到自己臉上浮現了苦笑。

然而，這次的夢明顯不同於「死之夢」。從「死之夢」醒來後，仍然會記得夢裡的細節。

「我想不是。而且我們很久沒去神話森林了吧？」

「是啊。完全沒聽說過那一帶有魔物出現的傳聞。」

他可沒閒到沒有魔物出現，還跑去神話森林。

這五年來，尼爾不斷狩獵魔物。想奪回悠娜，必須查出魔王的所在地。魔王是魔物之王。也就是說，只要一直看到魔物就殺，是不是遲早會找到魔王？「被封印的話語」也是藉由狩獵大型魔物收集而來的。

尼爾這麼認為，將驅逐魔物的委託通通接下。再遠的城鎮都不厭其煩。

可是，他沒掌握任何魔王的線索。一定是找得不夠仔細，其他地方也要去。於是，目的地愈來愈遠，旅程也愈來愈長。

結果都這麼拚命地搜查魔王的下落了，依然沒有任何收穫。正是這焦慮的心情反映在他的夢中吧。

「不再睡一覺嗎？」

看到尼爾在整理行裝，白書疑惑地問。若是平常，現在還不到起床的時間。大多數的村民照理說都還在睡覺。

但這五年來，人們的行動變得會被天氣好壞影響，而非時間早晚。

例如以前城市或村莊的城門只會在晚間關閉。除了面具城，大部分的城市及村莊白天都會打開城門，以免妨礙行人通過，旁邊還會站著守衛，避免入侵。

不過，現在不論早晚，城門都緊緊關著。跟面具城一樣，每次有人要進出，衛兵都得從內側拿下門閂開門。麻煩歸麻煩，若不這麼做，魔物就會入侵。

即使是白天，除了陽光普照的大晴天之外都有危險。下雨的話人們會閉門不出。魔物來襲的頻率直線攀升，逼得他們只得出此下策。

除此之外，還有另一項數值增加。儘管並不明顯，確實在逐漸增加。死於黑文病的人數。

比悠娜更晚發病的人，轉眼間就去世了。這樣的案例層出不窮，彷彿病魔加快了腳步。明明黑文病原本是緩慢惡化的疾病，既然如此，悠娜她……

尼爾覺得自己快要往不好的方面想，連忙拿起劍。別胡思亂想了。現在只要想著用這把劍，將魔物趕盡殺絕。

「艾米爾不是寄了信來嗎？」

尼爾對閒得翹腳飄在空中的白書說。書沒有腳，所以「閒得翹腳」這種說法挺奇怪的，不過在尼爾眼中就是這樣。長達五年都在一起旅行，即使沒有實際的四肢，尼爾也能大致想像得到他的「行為」。

「我想去找他一趟。因為他在信上寫說，有關於石化的事想跟我們談。」

跟尼爾用盡全力驅逐魔物一樣，艾米爾也在努力尋找解除石化的方法，以救出凱寧。

「原來如此，那最好盡早動身。」

白書語帶笑意，接著說道：

「你打算順便殺光南方平原的魔物對吧？」

2

明明在養雞夫婦起床前就出發了，抵達艾米爾住的洋房時，已經接近傍晚。將出沒於南方平原的魔物殺得一隻都不剩，花了不少時間。魔物又變多了。不久前他在同樣的時間出發，下午就到了。

然而，推開生鏽的大門，踏進門後，會感覺到時間的流逝跟以前並無二異。異常冰冷的空氣亦然。

「什麼時候來，這棟洋房都一樣可疑。」

白書的反應也跟初次來到這裡時一樣。時至今日，他好像還是覺得古早人類的概念支配著這棟洋房。

「尼爾哥！小白先生！」

他們在管家的帶領下進入屋內，艾米爾高興地跑過來。

「艾米爾，好久不見。」

上次見面是什麼時候？搞不好有將近一年沒見了。尼爾在心中扳起手指計算。

「你是不是沒長高多少？」

頻繁見面時不會注意到，但隔了這麼久沒見，看到艾米爾毫無變化，尼爾不禁感到好奇。小孩子一年就可以長高好幾公分。果然是因為他都待在洋房裡嗎？

「啊……那個，我比較……特殊。」

看他吞吞吐吐地回答，尼爾猛然驚覺。艾米爾擁有將看見的東西變成石頭的能力，未必會跟其他小孩一樣長大。這股力量多少會為身體帶來負擔吧。

「是嗎？」

他心想「最好少碰觸這個話題」，決定馬上進入正題。

「對不起，這麼晚才來。明明你早就寫信給我了。」

由於尼爾長時間不在家，郵筒裡的信一直放在裡面，沒有拆開。而且最近郵差往返的頻率明顯降低，信容易延後送達。畢竟不只雨天及陰天，連稍微有點雲的天氣都不能長距離移動。

只不過，現在連晴天都未必安全。因為出現了裝備鎧甲，藉此阻擋陽光的魔物。今天在南方平原出現的難纏魔物也是這類型。如今，魔物能出現在街上、村裡，甚至晴天的上午。將來到底會演變成什麼情況……

尼爾驅散內心的負面想法，詢問艾米爾。今天來找他的主要目的就是這個。

「你找到解除石化的方法了嗎？」

「不，還沒……不過你看。」

艾米爾在桌上摸索，抓住一張紙。應該是他為了隨時可以拿給尼爾看，事先拿出來的。

「文件？」

紙張老舊。似乎是很久以前寫好的，邊緣磨損，上面的字也快要看不清楚。

「關於……保管紀錄。六號意外……紀錄……計畫……室……？真難閱讀。」

「我看看。」

白書從上方探出頭，唸出文件的內容。

「白雪公主……計畫。公告，關於保管紀錄。考慮到前幾天的六號意外，設置了計畫室做為防範措施。」

「六號意外？是第六起意外的意思嗎？」

「閉上嘴巴乖乖聽著。」
「噢，抱歉。」
白書清了下嗓子，繼續朗讀文件。
「在記錄包含石化、獸化等各種魔法的控制及解除方式的同時，推行『六號封印計畫』、『七號計畫』。」
尼爾下意識望向白書。他才剛叫自己閉上嘴巴乖乖聽著，又插嘴好像不太好，因此尼爾選擇暫時保持沉默。
「敬請謹慎管理洋房中庭的出入口。」
白書終於唸完。尼爾激動地問：
「剛才你講到包含石化等各種魔法的控制方式對不對!?」
「是控制及解除方式。」
不是他聽錯。控制艾米爾的石化能力的方法，以及解除施加在凱寧身上的石化魔法的方法，都有留下紀錄。這份古老的文件是這樣寫的。
「我們在找的情報，應該保管在這個叫計畫室的地方。」
「入口就在中庭……」
只要去計畫室，就能讓艾米爾從無法控制的力量下得到解放，凱寧也能恢復原狀。

「去找找看吧！」

「我倒覺得沒那麼容易。八成有經過隱蔽，讓人看不出入口在哪裡。畢竟上面寫著『敬請謹慎管理』。」

不過，白書猜錯了。他們按照跟五年前一樣的路線前進，從餐廳裡面的門來到走廊，再從走廊的門前往中庭，有個再明顯不過的「機關」。在通往中庭的門一打開，會率先映入眼簾的中央的噴水池上。

「怎麼會在這麼顯眼的地方？」

這個位置任誰都會覺得可疑，怎麼看都稱不上「謹慎管理」。更重要的是，為何他們五年前沒發現這個機關？難以想像是因為注意力被因恐懼而神情扭曲的石像吸引過去。打開門最先看到的會是這個機關，注意到石像的表情，照理說是之後的事……

「應該是時間所致吧。你看。」

「看什麼……這個機關怎麼了嗎？」

「只有那裡的石頭，顏色跟其他地方不一樣。」

尼爾聽了，將臉湊過去觀察，把機關圍住的石頭顏色偏淡。

「這裡本來應該有用石頭刻成的裝飾品，用來遮住機關。」

「在這五年間剝落了？」

「這棟洋房這麼舊，室外的裝飾品什麼時候壞掉都不奇怪。」

對不起。艾米爾小聲道歉。

「我一直在書庫裡面找，如果早一點發現，就能把凱寧姊……」

「不，是因為你找到那份文件，我們才知道這裡有機關。找書庫並沒有錯。」

而且，太早來中庭搜索，機關肯定會被白書說的那個裝飾品擋住。從石頭的顏色推測，這東西露出來後並沒有過太久的時間。

「問題是該怎麼觸發這個機關。」

尼爾下意識碰觸機關。下一刻，整座中庭開始發出低沉的震動聲。

「這是什麼？」

艾米爾也驚訝地繃緊身體，應該是感覺到腳下傳來的震動。

「尼爾哥！那裡傳來奇怪的聲音！」

尼爾轉頭望向艾米爾所指的地方，瞪大眼睛。連接洋房入口及中庭的小石階動了。他們剛剛才從那裡走下來。白書立刻飛過去，咕噥道：

「隱藏樓梯嗎？」

位於中庭一角的四角形黑暗，正在對他們張開大嘴，裡面是通往地下的樓梯。

「警告？」

老舊的木板掉在地上。跟破爛的生鏽鐵鍊一起。過去樓梯口肯定嚴格封鎖住，掛著這個「警告」的牌子。牌子似乎相當舊，「警告」兩字下面的文字，大多都快要看不見了。

「我看看，設施……的封印……看不出來。小白，你看得出來嗎？」

「唔？就算是我，也無法判讀消失的文字。不過——」

白書接著說。

「既然上頭寫著警告，事情應該沒那麼簡單。」

話雖如此，總不能因為這樣就不進去。這裡沉睡著艾米爾和凱寧需要的情報。

「走吧……艾米爾!?」

尼爾不經意地回過頭，看到艾米爾抱頭蹲在地上。

「怎麼了？沒事吧？」

他跑了過去，艾米爾起身回答「我沒事」。他嘴上這麼說，臉色卻十分蒼白。

白書大概是擔心艾米爾，對尼爾悄聲說道：

「別離他太遠。」

「說得對。」

尼爾一面關心跟在背後的艾米爾，走下通往黑暗的樓梯。

3

跟廢鐵山很像。這是進入地下區域後，率先浮現腦海的感想。

裡面沒有人，但設備還活著。陽光照不進來，卻有亮度，而且面積相當大。那就是廢鐵山和這座地下設施的共通點。而且不僅如此。

「這樣就全部解決了嗎？」

尼爾擊倒大量的魔物，終於把劍收進劍鞘。魔物和機器人雖然不一樣，裡面的敵人挺強也挺多的。兩者探索起來都不容易，這一點跟廢鐵山很像。

「為什麼這種地方會有魔物？」

「洋房裡也有啊，沒道理地底就不會出現。」

是沒錯，但魔物要如何侵入嚴格封鎖的地下設施？封住入口的鍊條雖然生鏽斷掉了，地下設施的門卻關得緊緊的。

不過，用來開門的門禁卡就掉在旁邊，他們不費吹灰之力就成功入侵。尼爾不認為魔物有聰明到會用門禁卡。牠們到底怎麼進入設施的？

「艾米爾落後了。」

聽見白書的提醒，尼爾回過頭。不久前還緊跟在後面的艾米爾不見了。尼爾急忙沿原路折返。這座地下設施跟廢鐵山一樣，構造複雜。多虧他在路上撿到設施的地圖，才勉強沒有迷路，可是一有疏忽就會不知道該往哪裡走。萬一在這種地方走散，想要重新會合肯定極為困難。

幸好艾米爾沒有離太遠。他蹲在隨處堆積的木箱後面，擋住了身姿。

「我好像……來過這個地方。」

他把臉埋在雙膝之間，喃喃說道。語氣帶有一絲不安。

「這裡是你家地下，你應該至少來過一次吧？」

講出來後，尼爾才意識到這句話毫無說服力。這裡可不是小孩進得來的地方。

「說得……也是。」

艾米爾抬起頭。

「不好意思，我沒事了。」

尼爾將手伸向試圖起身的艾米爾。他的手指冰冷得嚇人，悠娜發燒前的手就是這麼冷。

「國立……兵器研究所？」

白書的聲音驅散了浮現腦海的悠娜的面容。

「這是什麼？」

白書湊近掉在地上的紙片。撿起來一看，是張彷彿隨時會碎掉的紙。這座設施內的東西，通通因為太過老舊的關係嚴重毀損。

「這也是文件嗎？六號……計畫？」

是進度報告。白書再度代替尼爾唸出文件的內容。

「六號計畫的基礎研究結束，進入等待執行啟動實驗的階段。預計型態派將有飛躍性的進展，因此國立兵器研究所會將完成六號計畫視為最優先事項，暫時停止研究其他計畫。完畢。」

「實驗？型態……？搞不懂。」

「簡單地說，這裡以前在研究兵器。恐怕是研究魔法的地方。」

「兵器？用來做什麼的？」

這時，有個東西掉在地上。好像是黏在文件背面的。

「女孩子的照片？」

照片已經褪色，疑似是很久以前拍的。照片裡的少女比悠娜大一點，也就是跟艾米爾差不多大，面無表情。翻到背面，跟文件一樣用模糊不清的文字寫著一行字。

「哈爾……雅？」

看起來是人名，是這孩子的名字嗎？在尼爾思考之時，艾米爾呻吟出聲。剛才那句「我沒事」果然是裝的。他再度蹲下來縮起身子，尼爾將手放到他肩上。

「今天先回去吧。等你身體狀況恢復再……」

「不行！不可以！」

艾米爾堅定地打斷尼爾說話。

「走吧，我不得不去。」

他語氣堅定，嘴脣卻毫無血色，額頭微微滲出冷汗。

「我沒事。」

艾米爾站起來走向前方。明明完全看不見，他的步伐卻像知道自己該走向何方。

穿過漫長的通道，與大群魔物交戰，走下樓梯，再度遭遇魔物群。在重複這個行為的過程中，逐漸讓人搞不清走了多遠。要是沒有地圖，他們想必早就迷路了。

「地下三樓嗎？這個房間不曉得是用來幹麼的。」

「誰知道呢？想都想不到。」

前面的區域都是跟箱子一樣排在一起的四方形房間，地圖上的地下三樓卻畫著八角形房間。他們的目的地「計畫室」，就在那個房間前方。

「奇怪的形狀。」

「不過對照那份文件，就算裡面有什麼危險物品，我也不會驚訝。」

那份文件指的是剛才在樓梯口撿到的紙。以「關於封印管理設施」為開頭的文件上，寫著「將研究所的地面偽裝設施設計成洋房風」。

也就是說，艾米爾住的洋房其實是「地面偽裝設施」。管理這個地方的是「國立兵器研究所」，他們的所在地以前被稱為「封印管理設施」。全是不尋常的名稱。

「開門時注意點。」

用不著他說。尼爾右手拿劍，左手一口氣打開門。然而，在裡面等待他的不是魔物，也不是機器人。八角形房間內，沒有任何讓人聯想到「兵器」的物品。

「是兒童房……嗎？」

他之所以語帶懷疑，是因為這個房間以兒童房來說有點太大了。尼爾村裡的所有小孩進去跑一圈，都還有足夠的空間。

而且溜滑梯有兩座，房間中央設置了形似巨大鳥籠的遊樂器材。除此之外，還有可供多人玩樂的積木和球……

「艾米爾，走路小心。這裡滿地都是玩具。看來以前住在這間房間的小孩，不太擅長整理東西。」

「地上不只有玩具喔。看。」

經白書這麼一說，尼爾撿起掉在地上的東西。

「又是文件。我開始不耐煩了……不對，跟之前的不同？」

那是由好幾張紙裝訂而成的文件，封面用厚紙做成。「六號計畫進度報告」這行字剛才也看過，裡面的文字卻比前幾份文件更加清晰，或許是因為有厚紙的保護。

「在此報告，決定從七具捐贈體候補中，選擇捐贈體『哈爾雅』做為六號計畫最終候補。備用的捐贈體……」

白書忽然結巴起來，尼爾接著閱讀後面的文字。

「這是……」

他也跟白書一樣啞口無言。率先看見的「艾米爾」三個字就已經令人驚訝了，後面的字句更是散發出危險的氣息。

『備用的捐贈體除了艾米爾外，預計全數廢棄，以免機密外洩。完畢。』

艾米爾。是碰巧同名嗎？尼爾翻閱文件。上面附有照片，這次有兩張。剛才那張背面寫著「哈爾雅」的少女的臉部照片，以及面容與她相似的少年。

尼爾抑制住手掌的顫抖，撕下少年的照片。看都不用看，背面的文字是「艾米爾」。

他將手指放在照片上，遮住兩眼的部分。沒有錯，這就是艾米爾原本的相貌。既然可以拍照，代表他當時應該還沒有石化能力。

「這裡以前到底做過什麼樣的研究？」

七具捐贈體候補，恐怕是在指七名孩童。而「六號計畫」的最終候補是少女哈爾雅，艾米爾是備用的。「剩下五具」通通遭到「廢棄」。尼爾不願想像之後的發展，將附封面的文件放回原處。

就在這時。艾米爾抱頭呻吟。尼爾跑到他旁邊，發現他在喘氣。

「頭會痛嗎？」

艾米爾沒有回答。把手放在太陽穴的動作除了頭痛外，還有另一個意思，試圖想起什麼的時候。剛才艾米爾說過自己「來過這個地方」，說不定這個房間也有他有印象的東西。

艾米爾彷彿要印證尼爾的推測，蹲到地上，專心摸索周圍。

「你怎麼了？」

他一語不發，只是蹲在地上。雙手明顯在找東西。

不久後，他抓住一個掉在地上的藍色物體。推測是玩具。藍色盒子和黑色圓盤組合在一起，形狀神祕的玩具。艾米爾撫摸黑色圓盤的部分，似乎在檢查什麼。

「為什麼？我到底？」

四個圓盤發出乾燥的喀啦喀啦聲旋轉。

「我……」

玩具從艾米爾手中掉落，尼爾用雙手包覆住他冒冷汗的手。

「不會有事的。」

艾米爾一副魂不守舍的樣子，重複尼爾所說的話。

「不會有事？我……不會有事？」

「對。無論發生什麼，都不會有事。」

尼爾之前就隱約察覺到，艾米爾不是一般的小孩子。除了石化能力外，他身為成長期的小孩，外表卻五年都沒變……

來到這個地方，他更加確信。因為夾帶疑似艾米爾的少年照片的文件，日期在好幾百年前。

「不管艾米爾是誰，我們都會陪在你身邊。」

「沒錯。」

白書用分不清是不是在開玩笑的語氣，接在尼爾後面說。

「我們幾個裡面，打從一開始就沒有正常人。艾米爾，不必放在心上。」

艾米爾略顯猶豫地點頭。

「走吧，『計畫室』快到了。」

穿過八角形的房間，後面是漫長的走道。根據地圖所示，走道盡頭的圓形房間就是「計畫室」。

從地圖上看不出來，房間的天花板高得異常。這個地方也讓人想到廢鐵山。尼爾想起廢鐵山地下的「試驗場」，那裡同樣是圓形、面積大、天花板高。

跟在廢鐵山的「試驗場」遭受巨大機器攻擊一樣，這裡也有巨大的「怪物」等著他。那東西被釘在空曠的「計畫室」的空曠牆壁上。

跟五年前襲擊村莊的魔物同樣巨大，同樣駭人，外觀卻截然不同的「怪物」。乾掉的身體只有骨頭和皮，球形頭部大得跟身體不成比例。露出肋骨的胸部下方，整個腹部也膨脹起來，顯得極為突兀。

噢，就覺得很像什麼東西。那顆大頭和鼓起的腹部，讓人聯想到嬰兒的體型。所以感覺起來才會更不舒服吧。

不過最詭異的是，那東西被好幾根釘子釘住，粗重的鎖鍊還在它身上纏了一圈又一圈。除了那「怪物」般的外型，重重拘束也令人不寒而慄。

「這東西到底是？」

實驗兵器六號，艾米爾低聲回答。

「六號？」

在古老文件中出現過好幾次的「六號」。這就是六號？不，更重要的是，為何艾米爾知道眼前的物體是實驗兵器六號？

「你看得見嗎……？」

「看不見，但我來過這裡。」

他的嘴脣依然蒼白，從中吐出的話語卻恢復了平靜。

「過去在剛剛那間房間玩的小孩，就是我們。」

「我們？」

尼爾想起來了。跟艾米爾年齡相仿的少女的照片。

「是那個叫哈爾雅的女孩嗎？」

艾米爾點頭，接著小聲補充：「我在不知不覺間忘記了。」

「不過，我想起來了。全部……想起來了。」

他聲音顫抖，有如身在強風之中。

「我們曾經是真正的人類，平凡無奇的人類小孩。」

「『曾經』指的是拍那張照片的時候吧。距今數百年前，西元二〇二六年九月十二日。文件上的日期。

「然後，我們被魔法實驗改造成兵器。為了創造最強兵器，反覆地實驗。最後製造出究極的魔法兵器。」

那就是「實驗兵器六號」。模糊不清，彷彿隨時會消失的文字浮現腦海。以及「五具捐贈體全數廢棄，以免機密外洩」那句冷酷無情的詞句。借用艾米爾的說法，就是平凡無奇的人類小孩，為了防止機密外洩而遭到殺害……

艾米爾抬頭仰望牆壁。這個動作，看起來像就算矇著眼睛，也知道視線前方有什麼東西。

「是我的姊姊。」

就在這時。六號如同要呼應艾米爾的聲音，開始震動。形似兩個盤子的雙眼發出紅光。

「還活著!?」

沒錯。文件上的計畫名稱是「六號封印計畫」，而非「廢棄計畫」。而且，封印是在數百年前實施的。石化的效果隨著時間經過減弱，解開封印也不奇怪。

「可是，『六號』是無法控制的失敗作品。為了封印失控的『六號』，他們製造出擁有石化能力的兵器。那就是『七號』……就是我。我曾經是兵器。」

過於強大的石化能力的謎團解開了，因為那是專門阻止失控的「最強兵器」的能力。除此以外什麼都不用做，無法控制能力、無法解除石化也無妨，只要能石化六號即可。

看到那牢牢釘住身軀的釘子，以及層層纏繞的粗重鎖鍊，尼爾不寒而慄。無論如何都想封印六號的人們的恐懼，反映在這個畫面上。對人類力不能及的魔法兵器的恐懼。

「即使是兵器，艾米爾就是艾米爾！」

經過片刻的沉默，艾米爾微笑著說「謝謝你」。六號在對面顫動，像要擺脫拘束似的。

「姊姊是最強的兵器……只要能得到她的魔力，我應該有辦法解除石化。」

乾巴巴的手臂動了，彷彿聽得見艾米爾的聲音。讓她從睡夢中醒來的，或許不是漫長的歲月，而是弟弟呼喚姊姊的聲音。

「拜託了，請答應我。」

鍊條斷裂。彈飛的釘子擦過艾米爾的頭部，刺進地面。

「艾米爾！危險！」

「如果我被姊姊吞噬——」

艾米爾向前踏出一步。

「說不定會失去自我，傷害各位。」

釘子一根又一根彈飛。即使如此，艾米爾仍未停下腳步。

「所以，到時候。」

尼爾終於察覺到艾米爾想做什麼。要取得姊姊哈爾雅的魔力，代表……

「住手！」

艾米爾停下腳步，回過頭，嘴角掛著清晰的笑容。

「請殺了我。」

太危險了。尼爾想衝上前，卻無法如願。飛過來的釘子擋住去路。艾米爾一步又一步走近六號。

「不行！快回來！」

徹底解開拘束的六號，朝艾米爾伸出雙臂。艾米爾也對六號伸出手。應該是在試圖將究極魔法兵器六號的力量，吸收進自己的體內。

球形頭部看似裂了開來。不是裂開，是嘴巴。六號張開嘴巴。占據臉部一半面積的嘴巴，準備一口吞下艾米爾。

「艾米爾！」

沒趕上。六號壓在艾米爾身上。魔法陣於周遭展開，將尼爾震飛。

尼爾急忙起身時，哪裡都看不見艾米爾。他想吸收六號的力量，卻反過來被六號吸收了。

「喂！快去救他！把艾米爾救回來！」

「我知道！我早就決定不會再失去任何人。」

悠娜被抓走，凱寧變成石頭。如今艾米爾快要被實驗兵器六號吞噬，絕不允許這種事發生。

「艾米爾還沒被徹底吸收！現在還來得及！」

「這還用說！」

怎麼可能來不及，絕對要趕上。在他如此心想之時，六號開始施展攻擊魔法。是魔物常用的魔力球，數量卻多不勝數。

「小白！」

尼爾使用在廢鐵山學到的魔法。吸收敵人的魔法攻擊，將其轉變為自身的攻擊射出的魔法。敵人的魔法愈強，反擊就愈強大。對六號這樣的敵人應該很有效。

「動作好快！」

大小足以跟五年前襲擊村莊的魔物匹敵，動作卻相當靈活。除此之外，還擁有驚人的跳躍力。在牆上攀登、爬行的動作也很快。尼爾艱辛地瞄準目標，不停發射魔法長槍。

好不容易命中牠，六號往地面墜落。或許是因為從背部著地的關係，六號無法起身，在地上掙扎。尼爾判斷這是個好機會，拔出劍。白書卻在這時制止他。

「別用劍！會誤傷艾米爾！」

「要說的話，魔法攻擊不也一樣？」

「不，用魔法比較好！他應該對魔法有一點抵抗力！」

「知道了。」

不過，因為這段對話的關係，稍微拖延了攻擊的時機。尼爾揮下魔力拳頭時，六號已經跳離原地。

牠像在威嚇般發出跺地聲，儼然是小孩在鬧脾氣。外表是「怪物」，這個動作卻使尼爾想起那張舊照片上的少女。不，六號無疑是那名少女哈爾雅。雖然她應該沒有身為人類的自我意識了，想到這個事實，尼爾就覺得心痛。

可是，若不打倒六號，艾米爾就會被牠吸收。

「艾米爾！現在就救你出來！」

尼爾想驅散內心的愧疚感，刻意提高音量。

我只是想拯救夥伴……

他朝再次逃到牆壁上的六號射出長槍。充滿強大魔力的球體接連掉落。比起瞄準尼爾，感覺更像在隨便亂扔。尼爾跳起來躲開，擊發子彈，站穩腳步射出長槍，繼續閃避攻擊……

「艾米爾！快回來！」

白書吶喊的瞬間，六號又降落到了地面上。尼爾心想「這次一定要解決牠」，集中魔力。好幾根長槍貫穿膨脹的腹部、露出肋骨的胸部、球形的頭部。六號的身體被長槍釘在牆上，劇烈顫抖。牠的顫抖化為衝擊波，撼動整間計畫室。暴風迎面撲來，尼爾立刻護住雙眼。

他連自己呼喚艾米爾的聲音都聽不見。不過，好像聽見了呼喚姊姊的聲音。

衝擊波及暴風戛然而止，室內一片靜寂。睜開眼睛，六號消失了。前一刻六號還在的地方附近被黑霧籠罩。周圍展開了好幾個魔法陣。明明室內鴉雀無聲，跟不久前截然不同，卻感覺得到強烈的魔力氣息。

黑霧裡面究竟是什麼狀況？

「艾米爾？你沒事吧？」

黑霧及紅色魔法陣纏繞在一起，從中傳出艾米爾的聲音，語氣激動。

「我……還活著！感覺得到姊姊的魔力！可以控制石化能力了！」

「別說那麼多，快出來！」

白書著急地說，當然不是出於憤怒。

「你沒受傷吧？」

而是在擔心。白書動不動就會碎碎念，對艾米爾卻很溫柔。

「請等一下，我還看不太清楚……」

黑霧逐漸散去，魔法陣一個接一個消失。疑似人影的輪廓慢慢顯露。

「啊！」

艾米爾突然發出參雜困惑及驚訝的聲音。

「怎麼了？」

說不定是被魔法攻擊傷到了。雖說他對魔法有抵抗力，攻擊終究是攻擊。白書也只有說「用魔法比較好」，而不是「用魔法就不會有事」……

在尼爾想著要快點幫他治療，衝向艾米爾時——

「別過來！」

「艾米爾？」

「不要看……」

他的聲音帶著哭腔。

「不要看我……」

他的聲音近似悲鳴。

霧氣及魔法陣徹底消失。白書咕噥著「這是……」啞口無言。

變得只剩骨頭的雙手，遮著球形的臉部。身體大小是艾米爾沒錯，但外表怎麼看都是六號。

艾米爾在保有自我的狀態下，獲得六號強大的魔力。他將六號吸收進體內，與之融合。結果就是外貌變成了實驗兵器六號。有辦法維持自我，卻無法繼續維持人類的身姿。

尼爾走向啜泣著的艾米爾，伸長雙臂，緊緊抱住只剩骨頭的身軀。

「歡迎回來，艾米爾。你很努力了。」

他跟安撫鬧脾氣的悠娜時一樣，用手掌輕拍艾米爾的背。

「我……我的，身體……」

「嗯。」

「用這種受到詛咒的身體……出現在你們面前……」

嗚咽聲蓋過了說話聲。尼爾把手放到艾米爾頭上，輕輕撫摸。柔軟的髮絲蕩然無存。不過，從掌心傳來的顫抖，無疑是艾米爾的。

「我不是說了嗎？不管發生什麼事，我們都會陪在你身邊。」

無論他是誰，無論他變成了誰，艾米爾都是無可取代的夥伴。

尼爾暫時默默抱著哭個不停的艾米爾。

他聽見啜泣聲漸漸變小，讓艾米爾抬起頭。凝視那雙變得只剩下圓形輪廓的眼睛。

「看得見我的臉嗎？」

失去人類身姿的同時，也取回了什麼。

「是的，跟我想像中的一模一樣，非常帥氣。」

「是嗎？」

再也不用矇住眼睛，不用關在洋房裡，可以想去哪裡就去哪裡。比起失去人形的悲傷，他希望艾米爾去感受獲得光芒及自由的喜悅。

「我……沒事了。」

艾米爾放開尼爾。

「雖然變成這個樣子，雖然我已經連看似人類的存在都不是，也不全是壞事。只要有這股魔力，就能讓凱寧姊恢復原狀。」

他緩緩起身。

「回凱寧姊那邊吧……希望她看到我，不要在另一種意義上全身僵硬。」

「你這白痴！」

聽見艾米爾的自嘲，白書大喝一聲。

「不用講這種廢話。」

尼爾感覺到自己的嘴角浮現笑容，小白果然對艾米爾很溫柔。

4

「每次跟凱寧姊相處的時候，我都有種懷念的感覺。」

一行人回到村裡的圖書館，艾米爾站在地下室的門前，輕聲說道。凱寧維持著跟五年前一模一樣的狀態，守著那扇門。

「也許我無意間把她當成姊姊了。」

來到這裡的途中，艾米爾述說了他和雙胞胎姊姊哈爾雅共度的時光。雙親意外身亡後，他們被偽裝成孤兒院的設施收容，以健康檢查為藉口，對他們做各式各樣的調查，改造身體……最後變成了魔法兵器。

艾米爾似乎把這些事全忘了，看到哈爾雅的瞬間才通通回想起來，就像堅固的繩結解開一樣。事情發生在數百年前，忘記也不奇怪，可是同時回憶起這麼多事件，有點不自然。搞不好是用某種魔法竄改了他的記憶。

『我見到姊姊了。遭到吞噬，失去意識，在你們的幫助下清醒過來……的那時候。』

推測是在跟六號融合的時候，接觸到殘留於其中的哈爾雅的意識。

『姊姊用跟以前一樣的模樣，握住我的手。用跟睡完午覺時一樣的聲音叫我起床，然後……說她會一直守護我。』

哈爾雅肯定迫切希望能守護艾米爾，跟尼爾想守護悠娜一樣。連變成石頭，沉睡不醒的期間都在祈願。為了比自己弱小，卻又無可替代的家人許下的願望，無論屬於誰，總是會抵達同樣的場所……

「你在發什麼呆？」

白書的斥責令尼爾回過神來。

「石化解除後，那隻魔物就會從地下室出來。」

「嗯，是啊。」

那隻只剩頭部還活著的巨大魔物，五年前沒打倒的敵人。

「我要解除石化了。」

艾米爾回過頭，尼爾點頭回應。他準備好跟那隻魔物再戰了。

艾米爾用杖在空中畫出魔法陣，雙手釋放強大的魔力。魔力透過魔法陣增幅，落在石化的凱寧身上。耀眼的光芒迸發，尼爾反射性閉上眼。

等他睜開眼之時，凱寧慢慢倒向艾米爾懷中。地下室的門已經不是石頭，變成跟五年前一樣的木頭顏色。

「來了。」

尼爾回答「我知道」，拔出劍。下一刻，門被從內側撞開。黑色物體破門而出。好幾隻腳直接長在頭上，噁心的外觀跟五年前如出一轍。

「竟然能以這副模樣生存下去，牠的執念有多深啊？真噁心！」

白書不屑地說。

「在這殺了牠，以免我們再見到面。」

尼爾拿劍砍向形似蛇尾的腳，先阻止牠的動作。他知道這隻魔物擁有驚人的再生能力。所以要在再生前砍了牠，砍成碎屑。

「劍好輕!?」

五年前，他費了好一番工夫才拔出陷進魔物體內的劍，還必須將全身的重量壓在劍柄上，才砍得下去。但現在不管是刺進去、拔出來還是砍下去，都只要用慣用手的力量就夠。是因為魔物在關在地下的這五年間變弱了嗎？

「不是劍的關係，是你變強了。」

白書得意洋洋地說。

「盡情大鬧吧！」

不用他說。尼爾砍斷魔物的腳，削減牠的體力後，用魔力拳頭毆打牠，再用魔力手臂勒緊。巨大頭部扭曲、被捏爛，再也不動了。五年前的辛苦簡直像騙人的，魔物化為黑色的塵埃消失。

「凱寧呢？」

在尼爾跟魔物戰鬥的期間，一直陪伴凱寧的艾米爾無力地搖頭。凱寧躺在圖書館的地面上，沒有反應。看到那一動也不動，彷彿石化仍未解除的模樣，尼爾感到擔憂，輕輕把手放到她的額頭上……好溫暖。不是石頭冰冷的溫度，是活人的溫暖。

「她睡了五年，應該得花一些時間才醒得過來，不會有事的。」

然而，艾米爾似乎沒辦法等那麼久。他將嘴巴湊到凱寧耳邊呼喚她：「凱寧姊！請妳回來！」

不停呼喚凱寧的模樣，使尼爾想起以前的自己。在崖之村，跟殺掉凱寧祖母的魔物戰鬥後。他想喚回受了傷、失去意識的凱寧。他覺得只要稍有鬆懈，凱寧就會前往死後的世界，所以非常拚命……

「奶……奶？」

巧的是，凱寧說出跟當時同樣的話。可以放心了。尼爾知道之後的發展。眼皮輕顫，睫毛晃動，眼神恢復光芒。

「你們……幾個……？」

「凱寧姊！」

艾米爾把手放在試圖起身的凱寧背上。即使看不出表情，也能知道他臉上帶著喜悅的笑容。

凱寧轉頭尋找撐在自己身後的手的主人。艾米爾驚慌失措地向後退，別過臉，大概是想到自己不再是原本的相貌。

凱寧盯著球形頭部，眼神似乎帶著一絲笑意。

「艾米爾，是你在呼喚我對吧？」

「妳認得出我嗎？」

「艾米爾就是艾米爾，我不會認錯的。」

「凱寧姊……謝謝妳。」

儘管只是短暫的交談，這樣就夠了。光憑這幾句話，凱寧就輕易拂去艾米爾的自卑感。艾米爾已經不會別過頭。

「凱寧，歡迎回來。」

尼爾朝她伸出手，凱寧說著「你長大了」，站起身。抓住他的手還有點無力。

他發現自己不知不覺長得比凱寧還高。過了五年，這也是理所當然，但要低頭看著以前總是得抬頭仰望的凱寧，有種不可思議的感受。

「我睡了多久？」

「五年。」

凱寧眼中浮現分不清是驚訝還是困惑的情緒。

「是嗎……五年啊。」

她低頭陷入沉思，過沒多久突然想起什麼，開口詢問：

「悠娜呢？」

答案想都不用想，尼爾卻不想說出口。還沒把她帶回來，她還沒回來，還沒，還沒，還沒……

白書代替他回答：

「我們一直在找。」

他輕聲清了下嗓子，彷彿在對尼爾說「交給我吧」。

「但遲遲掌握不了魔王的行蹤。」

在白書與凱寧交談的期間，尼爾將手伸向書架。他知道會跟魔物再戰，所以事先放在書架上，以免不小心弄壞。

「那個，這給妳……」

看見他遞出來的東西，凱寧睜大眼睛。

「那是……月之淚!?」

在旅行途中，行商教了他月之淚的栽培法。那名行商告訴他人稱月之淚的白花鮮少生長在大自然之中，不過由人類配種有可能種出來，並且親切地指導他做法。他還補充了一句「可是費時又費工」。

這樣的話，應該來不及在凱寧和悠娜回來前種出來——尼爾原本是這樣想的，實際上卻是月之淚早一步盛開。

「我努力過了，想做出不輸給妳奶奶的飾品，可是……」

那個髮飾怎麼看都不美觀，凱寧卻高興地插在頭髮上，笑著跟他道謝。

尼爾見狀，深深體會到自己終於取回了其中一個五年前失去的存在。既然取回了凱寧，悠娜也可以。

從尚未修補好的天花板，看得見天空。跟五年前，他懷著絕望的心情看著魔王帶悠娜一起飛走的天空一樣。然而，現在跟當時有決定性的差異。他們打倒了過去沒能打倒的魔物，取回了凱寧。所以——

這次，一定要。尼爾在內心發誓，凝視灑落陽光的天空。

國家圖書館出版品預行編目資料

尼爾：人工生命 ver.1.22474487139...《型態計畫回想錄》. File01 / 映島巡作；Runoka 譯. -- 1 版. -- [臺北市]：城邦文化事業股份有限公司尖端出版：英屬蓋曼群島商家庭傳媒股份有限公司城邦分公司發行, 2022.07

面； 公分

譯自：NieR Replicant ver.1.22474487139...《ゲシュタルト計画回想録》File01

ISBN 978-626-338-017-2(平裝)

861.57 111007143

奇炫館

尼爾：人工生命 ver.1.22474487139...《型態計畫回想錄》File01

（原名：NieR Replicant ver.1.22474487139...《ゲシュタルト計画回想録》File01）

著　者／映島巡
執行長／陳君平
榮譽發行人／黃鎮隆
協　理／洪琇菁
總編輯／呂尚燁
插　畫／吉田明彥、板鼻利幸
譯　者／Runoka
美術總監／沙雲佩
美術編輯／李政儀
執行編輯／石書豪
企劃宣傳／陳品萱
國際版權／黃令歡、高子甯
文字校對／施亞蒨
內文排版／謝青秀

出　版／城邦文化事業股份有限公司 尖端出版
台北市中山區民生東路二段一四一號十樓
電話：（〇二）二五〇〇—七六〇〇
傳真：（〇二）二五〇〇—二六八三
E-mail：7novels@mail2.spp.com.tw

發　行／英屬蓋曼群島商家庭傳媒股份有限公司城邦分公司 尖端出版
台北市中山區民生東路二段一四一號十樓
電話：（〇二）二五〇〇—七六〇〇（代表號）
傳真：（〇二）二五〇〇—一九七九

中彰投以北經銷／楨彥有限公司（含宜花東）
電話：（〇二）八九一九—三三六九
傳真：（〇二）八九一四—五五二四

雲嘉以南／智豐圖書有限公司
（嘉義公司）電話：（〇五）二三三—三八五二
傳真：（〇五）二三三—三八六三
（高雄公司）電話：（〇七）三七三—〇〇七九
傳真：（〇七）三七三—〇〇八七

香港經銷／城邦（香港）出版集團有限公司
香港灣仔駱克道一九三號東超商業中心一樓
電話：（八五二）二五〇八—六二三一
傳真：（八五二）二五七八—九三三七
E-mail：hkcite@biznetvigator.com

新馬經銷／城邦（馬新）出版集團 Cite（M）Sdn. Bhd.
E-mail：cite@cite.com.my

法律顧問／王子文律師 元禾法律事務所
台北市羅斯福路三段三十七號十五樓

二〇二二年七月一版一刷
二〇二三年九月一版二刷

■中文版■

郵購注意事項：
1.填妥劃撥單資料：帳號：50003021戶名：英屬蓋曼群島商家庭傳媒(股)公司城邦分公司。2.通信欄內註明訂購書名與冊數。3.劃撥金額低於500元，請加附掛號郵資50元。如劃撥日起 10～14日，仍未收到書時，請洽劃撥組。劃撥專線TEL：(03)312-4212 ・ FAX：(03)322-4621。E-mail：marketing@spp.com.tw